会舞狮子的靓仔

——流逝岁月的感悟

龙集洪 著

新华出版社

图书在版编目（CIP）数据

会舞狮子的靓仔 / 龙集洪著 . -- 北京：新华出版社，2017.11
ISBN 978-7-5166-3659-6

Ⅰ．①会… Ⅱ．①龙… Ⅲ．①传记文学－中国－当代 Ⅳ．① I25

中国版本图书馆 CIP 数据核字 (2017) 第 283035 号

会舞狮子的靓仔

作　　者： 龙集洪

责任编辑： 唐波勇　　　　　　　　**封面设计：** 牛存喜

出版发行：	新华出版社
地　　址：	北京石景山区京原路 8 号　　邮　编：100040
网　　址：	http://www.xinhuapub.com　　http://press.xinhuanet.com
经　　销：	新华书店
购书热线：	010-63077122　　中国新闻书店购书热线：010-63072012
照　　排：	北京万书缘文化发展有限公司照排
印　　刷：	济南精致印务有限公司
成品尺寸：	170mm×240mm
印　　张：	10.5　　　　　　　　字　数：180 千字
版　　次：	2017 年 11 月第一版　　印　次：2017 年 11 月第一次印刷
书　　号：	ISBN 978-7-5166-3659-6
定　　价：	29.80 元

版权专有，侵权必究。如有质量问题，请与出版社联系调换：010-63077101

内容简介

　　本书主要部分，长篇自传体报告文学作品《会舞狮子的靓仔》，叙述了一个从贫苦出身的农民企业家转型为书法家的历程。揭示了人为什么活着，这个既简单而又复杂的哲理。一个如日中天的企业家，放弃对财富的追逐，转而热衷于公益事业和传统文化的传播，这到底是一种什么样的精神？这到底是正确还是错误的选择？必然，仁者见仁，智者见智。这里不作结论，请读者自己悟出其中道理。

　　此外，本书也选录了作者的诗文、工作报告以及在区政协会议上的提案和部分书法作品。

内容简介 / 1

第一篇　自传体长篇报告文学 / 001

一、从贫穷走来　/ 007

二、大胆闯社会　/ 014

三、创业路艰辛　/ 018

四、赚第一桶金　/ 028

五、自己的公司　/ 039

六、蛟龙欲腾飞　/ 046

七、道路不平坦　/ 050

八、资教悟人生　/ 058

九、人生新境界　/ 066

附录　/ 079

第二篇　讲话、报告、诗文 / 083

一、推动创新能力为根本、企业转型为核心，整合物流为指标，建设现代化新城区　/ 085

二、2009年嘉禾商会换届工作总结 / 088

三、2010年度嘉禾街工商业联合会工作总结 / 090

四、祝酒辞 / 093

五、誓要石马桃花天下闻，打造白云文化大品牌 / 095

六、在画展开幕式讲话 / 097

七、在"白云情怀书画艺术展"开幕式的讲话 / 098

八、建设一个现代化的和谐的幸福的活力的环境优美的生活便利的为民众喜爱的新黄边 / 100

九、《珠水情怀》后记 / 104

十、卢沟今月明（对联两幅） / 105

十一、黄边村龙氏族谱序 / 106

十二、白云情怀书画艺术展序 / 108

十三、七律一首 / 110

十四、黄边颂 / 111

十五、徐满城先生画展前言 / 113

十六、徐满城先生简介 / 115

第三篇　政协提案（含回复）/ 117

一、关于改善白云区部分农村有线电视现状的提案 / 119

二、如何提高公办学校第二课堂的实效性 / 121

三、关于落实书法进中小学课堂的提案 / 123

四、关于加大扶持我区祠堂牌坊文化开发力度的提议 / 126

五、关于加快民营企业发展的建议—改善制约民营企业发展的环境的措施 / 130

六、放宽营业证照批准条件，吸引投资者，做大白云区企业群体 / 134

第四篇　书法作品 / 139

第一篇

自传体长篇报告文学

龙集洪和春天

我的父母合影

辛苦一世的龙家老妈妈

龙集洪夫妻与子女、女婿儿媳及部分孙辈

龙集洪和老妈妈、侄子以及女儿

龙家的六兄弟和八位儿媳

一、从贫穷走来

我出生在1963年,自幼家庭贫困。那时中华人民共和国成立十多年,正值三年经济困难时期。因为父母生了我们兄弟九个,在那个年代连饭都吃不饱。所以直到上小学,我都十二岁了,都没有像别人一样穿过新衣服、新鞋。家里给大哥买了件衣服,一直穿到小得不能穿,就传给老二,老二传给老三……传到我老八的时候,早成了"百宝衣",——缝缝补补,一层叠一层,厚厚的了。

记得有一年,父母用粮店经理送的新麻袋片,给我缝了件过年的"新装"。说句笑话,在那样的计划经济年代,粮店经理能送给我们一个新麻袋,也是不容易的事啊!因为兄弟多,父母为了我们兄弟能填饱肚子,天天起早贪黑的忙,但也是有了上顿没下顿。于是,就经常让我们小的孩子去农田里边找田螺、小鱼、小虾等充饥。那时候的小河小溪,都是汩汩清流,可以洗菜做饭,下去游水更不用说了。但是,1960年到1970年,公社、大队是不允许去集体田里找东西吃的,如果被村民兵发现,就要到大队广播站,通过广播向全大队检讨认错。

记得很小的时候,经常有一些本村和外村的哥哥们来我家学习传统武术。父亲的武术是龙氏家传,他武艺高强,但从不去惹是生非,他也反复告诫弟子们:习武练功,目的是保家卫国、健体强身,不可争强好胜,欺凌妇孺老弱!有违背者,就不是我的弟子!我从小在这种练武讲义的氛围里长大,加上我天生胆子大,我的武功在同龄孩子中成了佼佼者,自然也有了威望。同时,也渐渐养成了我在孩子群中特别有主见的性格,不轻易听人摆布。

到1970年我上学后,大哥也结婚生子了。但是,他的小孩没有人带,因为哥嫂们都要到生产队下地。那年代是统一由生产队安排到田里种地,按工分来计算劳动报酬。记得是按出勤天数,再分十一个等级,最低一级每天五分,最高一级每天十五分。我家一天才六分,加上人口多,劳动力少,所以一年到头辛苦劳作,每年还都入不敷出。当时,能下地的劳力不能误工,大哥的小孩也就由我们这些小的带。即使我已经上学了,也要带侄子侄女去上学。其他家庭也是这样。因为所有小孩子都要由上学的小叔叔,小姑姑,小姨姨带。这样一来,学校就乱成一团。小孩子们在课堂里闹个不休,这个哭声停了,那个又开叫了,就像大喇叭一样阵阵喧闹,把学校的教学秩序全打乱了。后来通过学校和大队协商,想出了一个办法,在各生产队设立幼儿园,由各生产队找个年长妇女带幼儿。

当时我们上学不是全天读书,每周星期二下午要参加生产队劳动。遇到农忙时节,还要到生产队支援十天八天的。那时是"文革"期间,早请示,晚汇报,红宝书不离手,毛主席语录不离口。但是,我毕竟"乳臭未干",玩心与其他同龄人没有区别。当时,每家每户经济条件都很差,不可能给小孩购买玩具。我们的玩具都是自己制作。

我最得意的是向父亲的弟子,学会了用石榴树小枝杈做弹弓。我做的弹弓很精巧,粗糙的地方都精心打磨,光溜溜的,拿在手里就舒服。最主要的是我用自做的弹弓在树林中打鸟,准度超过了别人的弹弓,他们都很羡慕,我也颇有成就感。

春秋风大的时候,我又和大家一起制作风筝,在收割后的空旷稻田里放风筝,看着形状不一样的风筝越飞越高,我真想和它们一起飞上天去!

不仅如此，我们还会用鸡毛，剪成铜钱大小的橡胶片制作毽子；用纸制作菱角形的风车；刻削木头块制作陀螺抽打……总之，墟上卖的，我们就仿造，尽管有的不如卖的东西好看，也丝毫没影响我们的热情和快乐！

那个时代孩子们的游戏，与现在不同，都是蹦蹦跳跳，因陋就简，没有什么器材、设备。比如：老鹰抓小鸡、丢手绢、抛口袋（石子）、弹玻璃球、跳格子、拍公仔纸……凡是别的孩子玩的，我们也不会落后。

这些一起玩耍的儿童时期的朋友，用今天的话说，就是"发小"了，他们有：龙国兴、龙国荣、龙国能、龙岳雄、龙树洪、龙就滔、龙厚均、龙伟庭、龙光耀等。

那时，我还没有辍学。按规定，每学期高年级的孩子还要去工厂、农村学工学农一段时间，所以我没心思念书，经常与同学们打闹，找机会做小生意。老师经常家访，那年头，我们的老师都是从贫下农中的残疾人，找他们出来教我们。他们也是田里忙完自己那份农活才来学校教书。他们水平有限，所以我们很大部分人水平更差。后来到社会上，连汉语拼音字母都不认识，更不用说英语了。虽然，学堂上的文化没学到多少，幸好我有个好父亲。

我父亲不但会武术，新中国成立前还是村里的狮子队的师父。他没有上过学，但是却很留心代代相传的道德、礼仪和知识。对古时的传统英雄人物的事迹听了不忘，对他的人格形成影响很大。我自小就受父亲感化，经常跟他学习做人处事、练武术、舞狮子。正是由于这些，使我在社会适用知识方面，比其他同龄人多些。因为父亲和师叔们经常在一起，谈天说地，交流见闻，他们的社会知识，人生阅历，不知不觉让我感悟在心。

我父亲和叔公还经常受各村兄弟请去教武术，舞狮子，我就为他们做散工，打下手。这使我在父亲，叔公经常督导下，潜移默化中学习了传统民间武术，舞狮子的技巧。由此，我的武术和舞狮子的确得到了我父亲和叔公的真传，使我后来在村里的技艺水平，称得上是领一方风骚，得到大家的好评。

必须值得一提的是，1970年上学期间，我在放学后经常和几个兄弟到广州二矿煤场去，寻找场方装煤的斗车里残留的一些煤渣。那时候我们村

里很大部分小孩，经常去二矿煤场寻找些煤石（含煤的石头）和煤渣，把这些石煤、煤渣找回来后，先满足自己使用，就是把捡回来的石煤、煤渣打成蜂窝煤，用来煲猪食。回想起来，干那活危险不小。小孩子有什么安全意识？我们当时在硬硬的乱石堆里穿梭，都光着头打赤脚，脚上经常划伤；尤其是矿上的翻斗车，不知什么时候脱轨砸人，这样的事故都不知出了多少起！煲猪食后，如果有剩余的煤，就卖给一些砖厂，赚的钱给自己交学费和资助家用。那时候，煤才卖四十元左右一吨。偶尔，我们还要把二矿的电屏渣弄到废品店里卖。村民每年要上交"猪任务"，所以每天不是到煤场找煤，就是要到农田草地里找猪食料；如果找不到，猪就要挨饿了。我们每天也到田里帮生产队淋水，除草。因为我们近郊是有交蔬菜任务的。田里种的一半是菜地，一半是稻田。农忙时，自然也要还要帮忙秋收春播。

当时一起玩耍的兄弟有：龙志恒、龙志和、龙家良、龙伟廖、黎灿洪、杜佰辽、黎次锦、杜添、炆桐等。

在1970年后，我断断续续读了几年书，就干脆辍学了。

就是在念书那几年，在学校上课，我也经常耍"小聪明"，人在课堂，心在飞翔。因此，经常被老师点名、训话。小学三年级的时候，一个刚刚结婚，我的堂婶李秀平，给我班当老师。那天我在课堂玩出了声音，让老师发现了。李老师严厉地说：自己不学不要紧，不要影响别的同学！我当时毕竟小，不懂事，冲动地顶撞起李老师来。同学见状，一齐起哄，嗷嗷大叫，给我打气加油。我更感到自己"英雄"，寸步不让。李老师大怒，要我到教务处接受处分。我火气冲天，对老师开口就骂，动手就打……其他老师闻讯赶来，一齐动手才把我制服了。这还不算完，老师们把我押送回家，父亲和兄长们对我教育，我还不服气，他们干脆动手，把我打服……我才似乎感到自己错了。谁也想不到，就是这样不大听课的人，期中测试的成绩，一点儿也不逊于其他同学。

在那个年代读书，今天品味起来，也是别有滋味啊！是1974年，还是1975年？已经记不准了。读书的我们，因为国家油料奇缺，被上级发动大面积种植蓖麻，据说全国都是这样。其目的是用来生产蓖麻油，缓解油料不足的矛盾。各学校自然都不落后，都纷纷响应。我们学校利用每周的几节劳动课，让学生去开荒种蓖麻。

我和几个同学一组，策划把两个小山岭上种满蓖麻。首先要把山岭上面的竹子、树木，连根拔起来，再挖坑做蓖麻田。我们都是小孩子，力气能大到哪里？几天才弄走几根竹、几棵树。好在竹子、树木也稀少。经过几十天苦干，终于荡平了小山岭的一小块。我们又在村里拾粪肥，运上山岭蓖麻田，撒上肥料、种子……这样整整干了两年，两个小山岭才种满了蓖麻。

这种边学习，边劳动的学生时代，对孩子来讲，是一个很好的教育。我们知道了生活的艰辛，了解了"锄禾日当午，汗滴禾下土"的深刻含义，更加尊重劳动，爱惜别人的劳动成果，对未来顺利成长有极大帮助。

1976年，我就进入了生产队务农。因为那个时候，不上学就要去种田，没有第二条路。1976年底，我们国家政治生态发生了根本变化：十年噩梦已成为过去，打倒四人帮实行改革。将过去的大锅饭、大帮哄，敲钟下地，集体种田，变成了土地承包责任到人，大大提高了生产力，让市场改革开放，使劳动群众有了积极性。邓小平吹响了我国改革开放的号角，我们国民的生活水平有了很大提高。我幸运生长在改革开放的时代——我刚刚在生产队务农一年多，就赶上改革开放了。

实行土地责任田制，每家分到一定的承包土地。但每户要按承包土地多少，向国家上交粮食、蔬菜任务。承包后的土地产生了奇迹——同样是这块地，但生产效果大不相同：未承包前，大家吃都不够；土地承包后，不仅解决了吃饱饭的基本需要，还有了结余的。所以就开始把多余的粮食、蔬菜拿到市场上出售，进行贸易活动。

我和村里一些兄弟就抓住机会，结伴到广州市内百灵路市场，将军西市场，珠光市场，一德路市场，海珠市场，晓港市场做起了小买卖。当初一起参与的兄弟姐妹一大群：龙集全、龙国能、龙岳雄、龙北华、龙子明、龙伟廖、龙活钊等等。

1978年—1980年，对于我的人生，是重要的几年。就是在这几年里，让我开始明白了什么是社会，初步认识到了社会的复杂性和脚下的路该怎

样走,开始悟出在社会上怎样为人处世,怎样接人待物,各种人和事的关系,令我的社会经验趋于丰富,趋于全面,趋于成熟。

在时代的滚滚潮流中,你可以随波逐流,虚度时日;也可以勇立潮头,劈风斩浪。那年我才十四岁,如果是现在的孩子,还是在学校读书,处处事事依赖父母。可是,我那时已经在生产队做农活了。在市场开放后我就和兄弟们,一起到广州各市场经营批发零售农产品了;就是那一年,我已经能够赚钱为自己在春节买了新衣服!我们家里能吃饱饭了,是改革开放让我过上有新衣服和饱饭吃的日子——温饱解决了。

走路不看方向,难免迷失。从一九七八年起,我受了一帮兄弟的诱惑,和社会上的闲散人员一起做了一些不该做的事,确实让家人伤心了一段时间。在那几年,我和几个义气兄弟一起,在社会上是做了些不良之事,但是我做的事不是图财害命,也没有很大的为害那个人。只是被人诱惑,做起赌档。记得是在公路边开设小赌场,吸引那些爱赌的人。一转眼就是几年。在这期间我被公安人员教育过,甚至曾经被行政拘留了一个月。从局子出来后,父亲和兄弟就把我关在家里。在那段时间,父兄苦口婆心,给我讲人生道理,我明白做人的原则后,自己也沉痛认错,决心幡然改正。

那时我们活动地点广阔:番禺、大石渡口、顺德、龙江渡口、四会、马房渡口、嘉禾饭店、石马、猪林、合金钢厂、二矿、煤场等都因我们的足迹。

走错路的人,走正路需要鼓励和信任。刚好1980年底,太和营溪村到我村来,请舞狮子师傅。我村就安排了我叔公,我父亲,兄弟龙世伟和我,一共四个人前往营溪村。我们的舞狮水平他们早有耳闻,不然怎么会来黄边村请师傅呢?我们也没有让人家失望,他们更加看中了我们的技艺。所以,营溪村事后就想在我们四人中,选两个人留下,用一年时间帮他们培养起自己的舞狮队。因那时候我叔父龙信华,父亲龙景林年事已高,所以要找两个年轻人做教头,龙世伟和我在村里的年青一代人里,都是技艺优秀的,自然选中了我俩。

在营溪村作教头的一年里,使我的人生有了一个新的里程碑似的转折——信任给了我勇气，成功给了我胆识。

在营溪做教头每月有九十元收入，又受到了营溪村村书记徐其国、村主任王日祥、村干部徐标、王汉贤等热情的接待。刚到村的任教头那天是我终生难忘的：他们村全体村民，还特别集合到学校球场办了个"教练开班仪式"，当晚在球场吃饭后就开始操练起武术，舞狮子等民间技艺。他们的热情款待和村民的全情投入让我很感动：为别人做点工作，让人受益，是一件幸福的事情。

我至今也经常引以为傲的是，他们村的人当时都自豪地说：我们村也有了一批青年人组建的武术队和醒狮队了，逢年过节我们也更热闹了。他们村当时加入武术队和醒狮队的是：沈正平、陈卡仔、陈灿明、关志雄、刘福明、徐建真、林勤、关瑞芬、刘尧佳、吴佳、吴金芬、徐燕红、林建锋、林建坊、林明等二十多人。

在沈家祠活动场地，每天晚上7点开始训练到晚上十一点。晚练完还一起吃夜粥，古时说没吃过夜粥，就是没有在祠堂练过武的意思。因为练武到夜深肚子就饿了，所以要吃夜粥。

1981年，在春节后，营溪村狮子队圆满组建成功后，他们也可以单独去太和，与兄弟村的舞狮队进行交流了。

通过这个经历，我认识到了，对群众有利的事情，就是自己应该做的；对大众不利的事情，无论如何不能去做，一辈子都要这样。

二、大胆闯社会

1980年初,我跟哥哥一起去港口机械厂做搬运工。在机械厂的工作是,把工厂的建筑垃圾、淤泥等用汽车运到郊外的淤泥场,和俗称的泥头车的使命相似。工作时间安排是,每天由八点做到十一点,下午一点做到五点,一天两汽车,车是四吨的解放牌,用人工装卸。劳动量之大,可想而知。每日,我早上六点半出门,骑自行车到港口机械厂,晚上回到家里已是差不多七点了。一天到晚才几元工资。当时与我在一起的工友是:龙集和、龙集伟、龙国能、龙铭海、龙耀高。

没接到新的活,我们几个做搬运工的人,就回自己村里做农活。

当年清明后,营溪村的建筑队需要人员去做建筑工,我和世伟应招,就去白云五建公司做了一名泥水工。我们分别到了不同的班组,我分配到第十班。班长林展、徐日朝、吴潘。我到了第一个工地,标段是西坑村与白云山之间的道路(现为广源路西坑段)。那时工程机械不足,只用人力去做,打路面,铺路床,捣路面全靠人力。不足一公里的路面要做半年多,恰好刚刚到春节要赶工,从每天早上六点,一直干到晚上十一点才回工棚休息。连续十多天奋战,有时中午吃着饭,就倒在施工场地上睡着了,吃的苦没法说。现在想起来,也是一种历练,一种财富!

第二个工地在广汕路燕岭段。广汕路燕岭至班岭村全线由白云市政总承包,每班一小段。那一年刚好遇到严打犯罪,有一天各区法院对一批罪犯进行宣判,一些死刑犯执行枪决,那天我们工地全线休息。我们年轻,从未见过对死刑犯枪决的场面,就抱着好奇心,去临时作为刑场的打靶场观看。那场景到现在也感觉像在眼前一样。在长湴打靶场里警察满山都是,将山头团团围住,我们在二百米外围观,枪决罪犯时情景太震撼了,共六批三十人。通过这次观看使我感到人的一生那么短,要十分珍惜,不要做违法犯罪的事,要做对社会,家庭有益处的事,才不枉人的一生。

那时一天到晚地劳动,工资也只有每天五元。

第三个工地是在五山与华南农业大学之间的一段几百米的道路,那段路刚好有一个鱼塘。我们班的工人也是日复一日地工作,起早摸黑地干活,吃饭也只能是糙米青菜,不敢奢望好鱼好肉。厨房师傅也没办法,伙食费就是一元多一天,除了柴米油盐蔬菜,还能剩什么钱?

我不仅身子闲不住,头脑也待不住。我看这工地有个鱼塘,喜出望外,就想到里面肯定有鱼。我就和班里的工友讲:"我给兄弟们加菜,好吗?"工友们不相信:"加什么菜呀,伙食费就那么点!"我就讲了我的想法:"抓鱼!……"他们一听,都欢呼起来:"好!"大家一时情绪高涨。那年头,干重活,有鱼吃,该是多大的享受!于是,我们按计划做好准备。

我们加班到零时,已是夜深人静,路上早无行人,四周除了虫鸣,一片黑暗寂静。要是往日,疲惫不堪的我们,早就进入了梦乡。今天可不一样,同样的疲劳,却是不同的心情。大家对鲜鱼美味的期望,让自己都忘却了疲累。大家都期待着,等待我的命令。

工地上有电闸箱,我就叫懂点儿电的人,去接上电线,然后把电线放到鱼塘里。我看都没有差错,就命令:"合闸!"在推上电闸的那瞬间,只听水里传出"哗"的一声。可怜鱼塘里的鱼儿,马上就被电晕了,哪还能游来游去。我又命令工友们"拉闸!"闸落断电,我把电线拖出鱼塘。

不等我发话,几个人已经跳入水塘,跳进鱼塘的人越来越多,一会儿工夫就抓了百多斤鱼。

第二天,我们队里几个班就有了肥美的鲜鱼吃,大大改善了伙食。工友们都高兴说:"从来没吃过那么多的鱼,简直像过了个大年!"

不知不觉,几个工地走干下来,就过了一年多。

1982年8月,在五山工地完工后,我就不干了。在这一年多的工地工作中,给我在后来的发展,打下了坚实的基础:一定要学会吃得了大苦,并不忘记苦中寻乐。我为什么不继续做下去呢?因为我哥龙集全看到改革开放了,市场环境好的时候,要把握市场经济规律,不能只走出力的路谋生。他让我回家,一起到市场卖海产品和水产品。我在工地上辛辛苦苦干一天才几元,我有什么放不下呢?有的时候,人就要变通,俗话说:"人不能吊死在一棵树上!"

我就回了家,和哥哥一起到市场上做买卖,一天就赚几十元!那年和哥哥一起到一德路水产品批发市场,市场有出口转内销水产品;品种有田鸡、泥鳅、咸鱼、塘鲺。在批发市场买了后,到其他市场零售。就这样,从批零价差中获利。在这过程中,我学到了从商的宝贵的第一手经验,也粗略知道了商业赚钱的规则。

这种倒卖经商的日子过得快,几年一晃而过。

在1984年6月份我们兄弟村——玉树村父老乡亲来找我父亲,求我父亲到他们村重组狮子武术队。因我父亲年事已高,加上身体已不能再接任教头之职,就把我叫他身边交代:"以前我们一起到他们村任教,现在他们来请,父亲已不能胜任这个任务,就要孩子你去完成了!"在父亲再三叮嘱下,我就接了这个教头的任务。

当时,因父亲已病情严重,只有我能在他身边照料。其他兄长全部结婚,都有自己繁多的家事和队里的活计,难得脱身伺候父亲。我原不想我父亲得不到儿子照料,对去任教有些迟疑。父亲坚决地对我说:"好男儿志在四方。去经历社会,多结识兄弟朋友,这样才有出息。我没什么,不需要你陪着!你能在外面撑起一片天,就是孝顺我!"我还能说什么,只有含泪去完成父亲的嘱托。

在父亲的教导下，我多年来一直没放弃刻苦练功。尽量将父亲的武学经验和做人道德学到手，这些，父亲也都看在眼里，记在了心上。所以父亲相信我能胜任教头之职。我听从父亲的教导走马上任教头之职。一个人去做武术、狮子教头，那年我才二十一岁。到了玉树村，有些兄弟对我抱有不信任的眼光，并有不服言辞。我年轻气盛但不计较，锻炼自己的心胸。由于得到父亲的真传，在技艺方面我已在同年人中是遥遥领先者，更得到他们村老一辈的信任、支持。看一个人功夫如何，如常言所讲"一出手，就知道你功夫有没有。"我刚露了一招半式，大家也就知道了我不是等闲之辈。年轻一辈同我脾性相投，我们很快消除了隔阂，与他们打成一片。晚上一起练习技艺，白天一起做事，经过几个月的刻苦练习，他们已学到舞狮子的初步技艺，以及拳术、刀、剑的多个套路。

到春节期间，玉树村的狮子队"出狮"了（可以在大众面前表演）。那年大年初一，起大早到东圃墟和其他狮队会合，一同给东圃市民拜年。在拜年过程中得到广大市民的好评，为玉树村争了光。在出狮过程中徒弟们的技艺得到了巩固、提高。我们有句话是这样说的：学狮三年不如出狮一年，即一门技术要通过实练才能成功。

正当我忙于教授舞狮的时候，1984年10月的一天，父亲龙景林与我们永别了。哥哥到玉树村告诉我这一噩耗的时候，我就心疼得都晕了。父亲为我们八兄弟辛劳一生，一直没有看到我们兄弟成功，也没有享受到人生幸福的时光，就匆匆与世长辞！老一代人对儿女的奉献，后辈真是无以回报！但是，父亲的教导使我一生受益，他的待人接物，使我一生受益良多。我每每想起父亲或慈爱的指教，或严厉的训诫，都感到他没有离开，就在身边，并无时无刻不在身边，给我激励和鼓舞。他就是我的灵魂，我弟兄们的灵魂；我的榜样，我弟兄们的榜样。我和弟兄们现在做事，也是严格以我父亲为标准和楷模。

玉树村学习狮子的兄弟我不能忘记：龙允焰、龙永权、龙炳然、龙允祥、陆满流、龙维灿、龙维均、龙惠强、龙汝良等一批年轻人。

三、创业路艰辛

1985年，在春节过后回到家里，继续到市场做生意。清明过后，有一天玉树村的兄弟文哥来我家，探望我这个师傅。文哥见我没什么事做，就说不如和汝智、汝良一起开废品收购站。因为文哥是东圃供销社的废旧物资收购员，见我村没有收废品站，就做此提议："现在是改革时期，大小工厂建起了好多。有不少都利用废旧物资，什么金属、瓶子、塑料、纸皮、旧书报、易拉罐……都可以变废为宝！"我听后说："好呀，那就干吧。"

文哥不经意地的一番话，使我开始经商之路。比我蹲街头卖菜肯定复杂，这毕竟是要认真筹措，仔细经营的生意。所以，他，文哥，算是我生命中实业上，遇到的第一个贵人——给我开了自己经营的窍！

说做就做。我们分别做好各自准备工作，他回去找人做牌照申请，因废品站是要有特别营业许可的，要公安局批准才能办理证照。我在村里和弟弟一起寻找场地和开店的一切用具。那时候资金有限，我只能因陋就简，用一些松木、石棉瓦搭建起了我人生第一个个体商店。我看着近于寒酸的店面，心里火烧一样热，感到这就是寄托我未来的地方和事业。说实在的，当时也就是想，能达到不愁吃喝，不缺零花钱就可以了，并没有远大的目标，那不是白日做梦吗？

在等待营业执照过程中，我的第二个贵人出现了。这是在玉树村教武术时认识的，人们都叫她"颜婶"，一个电镀厂老板。在玉树村那半年多，徒弟们经常一起在她电镀厂里干活。她见我年纪轻轻，就一人出来做师傅。她观察中发现，我教村里的年轻人习武，强调武德的重要性。让村里年轻人懂得了习武是强身健体的需要，学武人要具备武德传统精神。她也亲眼看到我平时，对待工作态度与为人的诚实，对我有了良好印象，总想帮助我成功。

有一天我骑单车到他们村里办事，见我全靠自行车跑路。她就对我讲："现在做生意，没有交通工具，就丧失了时间，缺少竞争力。时间就是金钱。你真的想干事，就必须有现代交通工具！"我说："我也知道，可是没有那个实力呀！"她当时没说什么，回到家，不顾丈夫反对，拿了叁仟元钱，借给我买辆摩托车。我接过钱的时候，很惊讶，也很开心，更无限感激！那时候，叁仟元，我来说，无疑是一个天文数字！我开心，一整夜都睡不着觉。

我有了钱后，就马上到村摩托车教练场报名，要考摩托车驾照。考得驾照后，立即去新塘买了辆七十排量的嘉隆摩托车。跨上自己的第一个现代化交通工具，我发誓："一定不辜负关心我的人们！"

说来也巧，就在买车后几天，废品收购站的营业执照也办下来了。在1985年6月份，我的废品收购站也正式开张了。废品站是我和汝智、汝良两兄弟合伙开的。我没有资本，资金都是他们出的。那时候本钱不多，一个月营业额才一千多。刚开始经营项目是废纸、玻璃瓶、玻璃碎、塑胶瓶等等。在辛苦劳动一年结束盘点时，利润只有几千元。汝智就说："兄弟，这样做赚不到钱。收购站让给你和你弟做算了。"就这样我和弟弟集添就一起经营收购站了。

弟弟龙集添很喜欢上学，也是我们几兄弟中最有读书灵气的。他对历史特别感兴趣，学过的历史人物总能活灵活现地讲出来。但是，由于家庭

困难，他也没有坚持继续上学，和我一起承担起家庭重担。

人，不能不知道感恩。我也决不能忘记关心我的人，不能有愧于我的恩人。我和弟弟辛勤经营一年下来，有了盈利。我第一个想到的不是改善自己家庭的生活，而是用全部利润偿还我的贵人——颜婶。我还钱后，她说："我不急的。"我说：有借有还，不能失信！颜婶点了点头："以后，如果你需要资金，我会继续支持！"我听了，感动得说不出话。

时至今日，我依然由衷感谢颜婶对我的信任和支持！我不能想象，没有她当年慷慨解囊，扶我一把，我能否有成功的一天？她助人为乐的精神，也是值得我用一生去学习和实践。的确，我现在对其他有困难的、有上进心的人也都给予支持。我这种作为，可以说，与仗义助我的颜婶有莫大的关系！颜婶，你不愧为我的人生之师！

在这一年里，我两兄弟和母亲一起生活。家境的清贫，让我心里不安。有时半夜醒来，也觉得对不起母亲，有愧于弟弟。当时，我实在没有经济能力，家里一贫如洗。弟弟刚高中毕业，就要放弃心爱的学业和前途，回来和我一起围着废品转；母亲又必须下田干农活。房子都是向舅父借了八百元，并是我最爱的母亲每天早上五点，到市二煤矿捡砖头回来修建的。因为兄弟多，建一间房，一个哥结婚就住上了。我只有去龙世德叔、世雄叔家的柴房借居。

我深深地知道，父母在那个年代，把我们兄弟养大成人，其辛苦可想而知！兄弟八人，房子一人一间都要八间；每个哥哥结婚都要摆喜酒，就是八场酒席。就是这样，起一间房，一个哥结婚了，婚后生子女后，就要分家单立门户。如此下去，我父母要付出多辛苦、做得多节俭才能成全这些大事情！天下父母真是伟大，为了儿女辛苦劳累一辈子。当他们自己老了的时候，却仍然按照自己习惯的生活方式过日子，不去给子女们添半点麻烦！所以，为人子孙者，决不能忘记自己的父母长辈，要孝敬、要报答他们的养育之恩。

这一年我也结婚了。

龙集洪和妻子刘瑞爱花一样的爱情

我的爱人刘瑞爱,是我在太和传授舞狮技艺的时候认识的。

那是有一天,我闲下来的时候,在小村的小街上闲逛。街旁,有各种各样的摊档,最多的就是卖服装的。当时,广州可是服装批发第一大市场,站前的白马批发,全国知名,南来北往的服装贩子,让小小的批发档价值连城。

我神差鬼使,无目的地在营溪村服装街里逛游。什么男装女装,我不懂,也不想买,我也不知来干什么。忽然,我竟碰倒了一个衣服架,上面的衣服散落下来。我正要扶起来,一个姑娘说:"不要紧,又不是故意的!"我抬头一看,我似乎见过她……由于紧张,一时竟想不起在那里见过。

回过神来,我想起来,是前几天的一个早晨,我在沈家祠带队操练武术的时候,眼睛的余光瞥见路旁一个姑娘。那姑娘向这边一望,目光似乎电到了我。但是,这是在练武场,我很快把精神集中到把式上……

这是不是缘分呢?我说不准,只是呆呆地看着人家,张开了嘴,说不出话……姑娘再也没理我,收拾落在地上的衣服去了。

我也不知怎么走开的，本来是不想走，真想和她说点什么，还是走开了，好像不能控制自己了……我没有糊涂，我明明白白地觉得，她，我虽然不认识，就该是我的老婆，我这辈子，非她不娶！见到她的第一眼，我就被深深迷住。

可是，这毕竟不是我一个人的事啊，人家姑娘是谁？怎么想？我还不知道呢！

我托人打听，这姑娘的根底。几经探讨，知道了她叫刘瑞爱，是个本地大家族的姑娘。人长得漂亮不说，能吃苦又贤惠，有经济头脑。那时候她已经在广州虎头手电筒厂上班，下了班或休息日还卖服装，很会赚钱。一句话，她是个远近闻名的好姑娘，据说看上她的小伙子起码有一个班。

这些，没有让我打退堂鼓。我不知道什么是自卑，我只有信心去干任何事情。

看来，她好像天鹅呀！我不在乎，我不是癞蛤蟆，凤凰我也要冲上去！我开始有意接触她，不知是姑娘矜持，还是不理我，根本不把我当回事。我是个干什么都要干到底的人，拍拖也不会没有韧性。她越是不理我，我越是频频寻机套近乎，有时间就去献殷勤。我本来也是眉清目秀，身怀绝技，人品又好，很有人缘；她也是善良本性，经不起我的软磨硬泡，久而久之，我们就互相都产生了好感。她好像也有了离不开我的感觉。

看看时机成熟，我就托人到刘家提亲。

传统家族，婚姻大事，往往牵扯到整个家族的神经。刘家知道他们的靓妹和我拍拖，从上到下，没有一个人赞成："集洪倒是个靓仔，论人品没的说，可是那家庭实在贫苦！可以说是上无片瓦，下无立锥之地！瑞爱嫁去了，要吃多少苦！"家族为了孩子的幸福，也可以理解。

但是，瑞爱是个不贪图享受，能吃苦，有情义的人。不管家里怎么反对，她就是打定了主意："我既然爱上了集洪，就不在乎她家境如何！我们可以一起闯荡，打造自己的幸福！"由于她的坚持，有了我们的婚姻，有了我们今天的事业成功、家庭美满。

我真得感谢她，我的爱人——刘瑞爱！

当时，我的经济条件，都不允许我和别人或我的哥哥一样，结婚摆酒；不能为新娘办像样的婚礼仪式；不能请关心支持我的亲朋好友热闹热闹！因为母亲、我和弟弟三个人的全部身家就区区几百元钱！即便这几百元，还都是收废品需要的本钱。并且，这本钱也是向亲朋好友东挪西借来的。刘瑞爱也把自己卖服装的收入给了我，她也毅然决然地放弃了红火的服装生意，和我一起"收破烂"了。

真的难为了我的老婆！原来每天面对的是花花绿绿、人见人爱的潮流服饰，而今每天接触的是臭气熏天、肮脏不堪的垃圾！

就这样，物资收购站才能维持经营。不但没有钱摆喜酒，甚至连结婚的新床也没做，用原来的旧床铺结了婚。过了很久，才有能力在富均叔的木加工厂做了个大床。

想起来，真是有愧于我的老婆！所以，我的老婆是我终生最大的贵人！一定，一定是我终生最大的贵人。

1986年，我大儿子龙广标出生了。

儿子的出生，使我感到责任更大了，我要加倍努力，多多赚钱，把日子过好。

就在我儿子出生几天后，我被白云区公安分局治安科的人带走。原因是，我废品店超经营范围了，处罚是对我行政拘留十五天。我被拘留时，没人通知我家里人，致使兄弟、妻子和全家人非常不安，到处找我就是找不到，以为我出了什么事。家里一直等到我消失五天后，才收到拘留通知。在拘留所那十五天，就像一百五十天一样漫长，可谓度日如年。

事情已经过了这么多年，对错已经无关紧要。像今天这样的法治时代，不会出现这种事情。从严于律己出发，这就算是一个教训吧，无论干什么都知道章法，做之前都要了解应该处理的每一个细节，不要粗枝大叶、马马虎虎，才能避免后患，横生枝节，产生不必要的麻烦。

从拘留所出来几天，我大儿子广标刚好满月。我期待儿子给我带来好运。不管咋样，我一定给要给儿子摆满月酒，一来庆贺儿子到龙家延续家族血脉，二来借儿子的满月大福来冲喜！希望儿子的到来，给全家带来兴旺好运，希望把以前的所有厄运、霉气和贫困统统一扫而光！

转眼间两年过去了，我的女儿阿敏1988年也出生了。世间都说，儿女双全是个"好"，我从现在起，就开始好事不断了！

我和弟弟两人经营废品收购站到1989年，经济有了一些起色。由于我的勤劳，我爱人又有了喜。因为当时贯彻计划生育政策，有了第三胎就要被动员去手术。我舍不得未出世的孩子，我希望家族人丁兴旺。这一年只好忍痛停止了收废品的生意，到外面躲躲——那时候，人们把这种规避计划生育的行为，叫作"走（逃避）计划生育"。

"走"到岳母家里住下，但毕竟还是要维持日常生活的，要生活就要有开销，但也不能吃老本！这不是我的脾气！我已经尝到了驾驶摩托车办事的甜头，所以早些时候就让弟弟集添，考了个汽车驾驶证。

哪成想，如今，这个小小的证证可就有大用场了。

说来真巧，那时我在白云五建工作时，一个非常交好的异姓兄弟，如今已经开始发达了——不再是给别人打零工，而有了自己的工地，成了包工小老板。工地在吉山油制气厂，面积很大。

我和弟弟盘算一番，就买了辆解放牌汽车，帮忙给工地运砂石等建筑材料，当然由弟弟龙集添开车。因工地需求量大，我还在玉树兄弟那里，找来了几辆车一起帮助运建筑材料。后来，业务量增大，重新分工：玉树兄弟龙允祥他们负责工地运材料；我负责业务上的联系。这样起早贪黑，夜以继日，一做就是一年多。

在这一年里，最大的不幸是，发生了一个大事故：我二哥在三元里建筑公司做架子工——当时的架子工是个相当危险的工种，不像现在施工条件那么优越。二哥在天河大酒店工程完工后，正在拆钢架时，被上面的坠落下来的物件砸倒，致使他失控，从几十米高的空中沉重地落到地面……

二哥虽然被抢救半个月，终因伤势过重而离开了人世。我很伤心，算起来一共九兄弟，一个刚出世不久夭折，现在又走了一位，只有七个同胞兄弟了！毕竟手足之情，怎么能让我轻易释怀？悲痛之余，更重要的是，这件事使我认识到，无论什么时候，无论做什么工作，安全都要放在第一位！这也成了我日后，所有实业经营管理不可动摇的信条。

1989年12月起，弟弟集添在以后几个月里，一个人夜以继日地工作，几乎没有休息,他也是个玩命的人。运输建筑材料从早上五点多开始,到很晚才收车,真正是人困马乏啊!这样拼体力,难免有后患。一次,弟弟开车在在回玉树村途中,劳累过度,昏厥过去,连人带车滑到水沟里。幸好,人无大碍,致使造成手骨折断。汽车也坏了,要修理需要大笔资金。我们商量一下,决定不再跑运输了。但是,工地尚未完成的运输任务,也不能扔下不管,我们只有拜托玉树村兄弟龙允祥继续完成。

1990年春节后,我小儿子龙广兴,就是"走"计划生育那个孩子,也出生了。按老习惯,又是一个有资格宗祠点灯的男丁,我当然高兴。广兴出生后,办理好计生手续后就回到家里。

五口之家好幸福

想到弟弟这些年吃苦受累,为家庭作了不小的贡献,连个独立住宅都没有。我决定,先把我们车卖掉,用卖车的钱给弟弟建个窝。弟弟开始不同意,认为家里更需要,或者先给我建大点的。我说,不管怎样还是先解决没有的。这样,全家都一致同意,先解决弟弟的住房为好。就这样,给弟弟建成了一间七十八平方米的房子。房子也只有一层,但当时在农村

也算不错了，重要的是弟弟有个属于他自己的家了！

弟弟有了自己的房子，我们几兄弟都有了安身之所。九泉之下的父亲有知，也一定会深感欣慰！

我那时也是只有一个不到五十平方米的一层房。弟弟的房子建好后，他的骨伤也已痊愈。面对还要继续生活啊，怎么办？我就和弟商量："我继续开废品收购站，你心气高，有点屈才，愿意的话，就另找个别的营生吧。收购站实在小，工作量不多，经济收入可怜，有能力也施展不开。"

我弟弟也是个敢于闯天下的人，正想干出一番事业，毫不犹豫接受了我的提议。他开始是去了龙金灿的汽车修理厂，从洗车做起。

于是，我们就走各自发展的道路了。事实证明，凭弟弟集添的天赋和志趣，他独自闯天下的抉择，是正确的。他的领导魄力，正直无私、敢作敢为的品质，以及对国家政策的领悟能力，终于成为优秀的基层农村干部。虽然人生的道路不一样，但是，我兄弟二人及其他兄弟，多年来相依为命的经历，使我们一直到今天，直到以后，还是相互激励，相互帮扶，希望后代也是如此。

我在重开废品收购站后，老婆是我最得力的帮手，也是主心骨。我们夫妻二人分工合作。所谓"男主外，女主内"。我在外找关系拉业务，妻子在家守店带小孩。想想看，带三个小孩，又照顾生意，是多么艰难的事啊！那时没有条件雇人，一切都要自己去做。幸亏她吃得了苦，耐得住烦琐和寂寞，从不埋怨牢骚。她对家人亲属，对邻里街坊，都是笑脸相迎，有求必应。乡里乡亲都说我找了个"旺夫兴家"的好媳妇！由于我们一直和睦乐观，把苦累抛在脑后，勤勤勉勉，生意越来越好。真应了那句话：夫妻一心，黄土变成金！皇天不负有心人，我们就这样从贫苦中熬了过来。

1991年，通过辛勤劳动，节俭生活，诚实经营，感动了一些朋友。通过他们热心帮忙，我找到了二矿领导刘矿长——我的贵人之一。刘矿长把致高玩具厂里那些废品全部交我回收。这是我从事废品收购以来的最大单的业务！这样一来，我家从以前惨淡经营，刚刚够家庭开销，转为略有盈余，渐渐盈利扩大。实话实说，这一点，是刘矿提供的业务，绝对起了关键作用!

业务正常开展起来。又经历两年时间的辛苦经营,生意逐渐上了大路。总结一下起步顺利的原因:

第一,当时国家政策改革开放,只要遵纪守法,我们可以放手去干自己想干的事情,这算是得天时;

第二,是在这个过程中,是在家乡,得到了同村邻村很多兄弟的关心、支持、帮助。比如,拉废品回店、再出售都需要车辆运输,兄弟们从来不计报酬为我出车、出力,并且不是一次两次,而是一贯有求必应!这是最难得的!正因为如此,我们收购站节约了相当大的运输成本,这些好兄弟头一个是龙就滔,其次是龙国良,龙永焰,龙永强等。在这里,我多谢他们了!这算是得地利,也有得人和的成分;

第三,我们经营的是夫妻店,内部经营者步调一致。因为老板、司机、业务员都是我们夫妻二人,不分心。这算使得人和。

天时地利人和,有什么不能成功?

四、赚第一桶金

顺风船行得快。

两年就很快过去了。1992年底,我还住在不到五十平方米的老屋子。由于赚到了钱,改善住房条件,自然而然地提到日程上来了,安居乐业嘛!这是中国人自古以来的理念。于是,我就在原来房子旁边,新建了一间占地七十平方米、二层半的小洋房。搬到新家那天,我都不敢相信,一辈子面朝黄土,背朝天的农民,也能住上这样的房子!以前连想都想不到,不是不敢想啊!孩子们也兴高采烈,终于有自己的空间了,不必拥挤在一起,睡觉的时候,你踹我我推你的……唯独我爱人还和平常一样,没有什么特别的样子。我说:"住了新屋,你不高兴?"她说:"我又不傻,怎么不高兴?以后的日子,说不定更好呢!"

住房解决后,孩子也全部进幼儿园了。收购业务也步入成熟,供销客户都是老相识,来来往往省了不少心。

我不能守摊吃饭。这里既然安定了,我还要寻找新机会!于是,我就让妻子全权管理收购业务,自己抽身出来,到社会上发现新机会,图谋有更大的发展。

今天回顾以往，这种不满足的心态是取得成功的必要条件。

也是成功在于积累。在这几年里，由于我处事大方，人缘好，能力强，终于有机会眷顾了我。先是鹤边一社要施工填土方。社长何世朋与社委一起来找我说，让我给他们填社里的土方。填土方，那可是很多人争着要做的工程！技术含量不算高，但是酬劳却不少。但他们偏偏不给别人做，并且说："这个活，除了包给龙集洪，决不给第二个人！"我也不知人家怎么会这样厚爱我。

我对这个从天上掉下来的工程非常高兴！暗自对自己说："人家对我这样信任有加，我一定不让人家失望。一定做到人家满意！"但是冷静下来一想，工程很大，工期有限，要想办法。可以吃独食，借人借设备，自己多赚；也可以找合作方，共同得利。我选择了后者，"有钱大家赚"。尤其是过去帮助过我的人，我要有机会就报答。我想到了刘矿，支持我走出收购废品困境的恩人。

我就又通过刘矿，来到他们的车队。刘矿又给我介绍了他们车队队长苏先生，司机徐先生。我把准备给鹤边填土方的计划说明，表示愿意同矿方合作："有钱大家赚！"

他们都很高兴，愿意加入。这样一来，我的力量雄厚了。由于我们是合作方式，彼此都是获益者，不是雇佣关系，大家都竭诚合作，比发包方规定的时间提前了一个月，在保证质量的前提下，完成了填土方的任务。我事后总结一下，如果不采用这种方式，即使借人借设备，也会产生预料不到的问题。这样诚心合作，一加一大于二，是最合适的。

我们此举为鹤边赢得了宝贵的时间，他们经济社的项目早日竣工，早日出租，自然也提高了效益。这一炮打响，影响非凡。后面的项目接二连三的找上门来。我们一连几个工地都保质保量，顺利完工，并全部都得到甲方（发包人）的好评。我和二矿车队也共同得到了理想的收入。

自从这次成功后，大家对我的为人、能力更加有了深刻印象。那年代刚好是改革春风劲吹，我又是善于把握机会的人，我的发展方向和势头越来越好。

1993年春节后,我乘着发展的强劲东风,启动了更多的业务。一是村里龙景兴村主任和龙但家社长——这也是我在新的事业发展里的贵人—。他们邀请我,大家一起合作完成一个,对于当时的村、社来说前所未有的新经营项目:就是"以地换厂房"的业务。那时,村、社很穷,无资金开发闲置土地。乐得花园征地,报价才十万多元一亩。我找到了客户,许诺以五十万元买一亩的价格。这在当时已是轰动四方天价。

在大家惊异不解的目光注视下,我作为客户的代理兼开发商,正式和社里签了村里有史以来第一份土地开发合约。通过这件事,大家才对我彻底另眼相看:龙集洪,是个有魄力,有胆识,有心胸,有能力,能成大事的靓仔! 这个业务的操作是,经济社用三亩地使用权,换取给社里建成了一千五百米平厂房。厂方由开发方使用一定期限,就要交付经济社。其实就是盘活农村土地这一不动产,让土地为农民创造财富。让土地焕发出增值魔力! 其实这也土地本身的属性,只不过被限制了。

村里人说:真让人不敢相信这是真的!我就凭这个项目的成功,在地方上树立起更高威信,真的可以这么说了。这次,也让我第一次从工程费中获得可观得利润,可以说有史以来获利最多的一次。这,算是我的第一桶金吧!有了充足的资金,我买了有生以来第一部小轿车——桑塔纳汽车,成了有车一族!那种兴奋,可想而知。

我的第一辆车

俗话说，芝麻开花节节高。1994年，真是好事一个接一个。我在七社的厂房竣工后，二社社长也找到我。他说有几亩地，想给我，同样是"以地换厂房"的模式运作。社长龙大威、社委和我商议合作。我就建议他们，我带资金开发并找人承租建好的厂房——开发兼租赁。他们听后，觉得这个建议好。于是，就按这个"开发兼租赁方案"和我签了协议。这次是我先带百分之三十的资金，建到厂房框架完成后，社长付百分之三十，完工验收付百分之五十（保质期一年，到期付百分之二十）。这个厂房是和关志雄合作完成的。在建好这间后，原来说是还要建第二间，并已经准备签合同了。这时，刚好赶上社里换届。社长换了人，我与新社长再商议合同事宜时，他却一改前任决定，不同意签合同了。后来得知，他是把项目给了另一个人了。我也没去争执，虽说他做得不相当，也是有人家的考虑，何必计较！让他建好了。父亲生前常说，做人不能过于计较争利。我记住了这条做人的原则。

同年五月，我联系了香港同胞刚辉先生。他有五金橡胶厂的项目，想在我村租地，给他建厂房用。我考察了一番，决定从饶启泉那里租地。通过协商，我在刚辉从我村买的地之中，租了一万多平方米。价格是每平方米三元，租期十五年。在那创业年代，这也是我搞的一个蛮成功的工程项目。通过这个工程，我在经济上也得到相当可以的回报；接着，继续和村、社探讨，为社里办"报建用地"。当时村、社无红线用地，我也与朋友在更大范围以及其他村帮助办红线用地。我与龙景兴，龙但家就给六社办理这个业务：协议是办一亩土地，社里就给我一分地作为报酬。当时办了二十亩，但后来市规划局只批给我们八亩。地出来后，社里就给我们八分地做报酬。我就用分到的地，为自己家盖了一栋二百平方米的房子。房子竣工入伙，我的居住环境可以说大大改观。

我感到生活方式也要变化，眼界必须打开，胸怀必须敞开，不能只盯着黄边村乃至广州市广东省及其周围。世界太大了。我必须充实自己。我邀请棠冲村、大埔村的经济社部分委员，到华东的上海、南京、杭州、苏州等城市去参观，共同扩大视野。外面的世界真精彩。

夫妻旅游乐

　　从这一年开始，以后几乎每一年我都要力争要出去转转，长见识，交朋友。读万卷书，行万里路。旅游参观，也是一种历练自己的时机。

　　1995年，黄边村篮球队荣获新市镇第一届农民运动会冠军，我和龙络海坚决支持全队十八人到北京观光，极大鼓舞了球员的运动精神，对日后村体育活动的开展有了很大的帮助。

　　1995年，刚好有个好机会，就被我和同姓兄弟龙志和把握住了：按我同七社的合作模式，我们给生产队建一千平方厂房，社里就给我们一亩地。协议都已经和六社签了，五十万一亩。但有的社员不同意。后来在镇领导主持下，定价五十五万一亩，如果我们同意了这个价格也要，村里就一定给！镇领导对不同意的社员说，新市镇从来没有卖过这么高的价位，已经打破镇记录了，我们没理由不同意。

　　别人都以为，我会退缩，不接受这样的高价。但我不那么想，我又有自己的盘算：五十五万也一样要！我预见，土地价格处于升势，以后还会增值；况且，这已经不单纯是钱的问题了，也是考验人的意志是否坚定的问题。就这样以当时看令人咋舌的高价,和六社签了合作协议。

我和龙志和开始了新的、长时期的合作。我们通过一些朋友,把从六社买的地分成几十间建房用地,分别卖给需要私人建房的人。当时从来没有人走过这样的路,我们也是大胆开了先河!我们将卖地的资金用于给生产社建厂起房。我和志和的合作项目,也是一个成功的模式。就是这一年,我也在那地里建了一栋六层半的小洋房。

同时两个工地一起施工,使我当时在村里村外也更加提升了名望,我们的经营模式也得到村里的支持。我们是包设计、包投资、包出租,可谓一条龙服务。我们的方法也成了当地人效仿的样板。

1996年,大量施工在进行中,我们除了抓工程质量和进度,特别注重给民工经常开专门会议,进行安全生产教育。我有二哥事故的借鉴,深切知道安全第一的重要性:生产没有安全作保障,就等于没有了一切,更谈不上效益。民工有江西的刘汉朝,四川的王兴志。他俩带班,实行包工制。在我们的辛勤运作、认真管理下,所经营的项目都很完满竣工。这些项目,给我们带来前所未有的经济回报。

1996年底,我就到增城新塘,买了一辆当时在当地,也算得上一流的皇冠小汽车。

换个更好的车

忘不了啊,那两年,真是丰收的两年:建了房、买了车,积累了经验,村里村外更是远近闻名。

为了庆祝我们合作成功,我和龙志和等人,特意到了河南少林寺,开封等地。共同欣赏祖国的壮美山河。可以说,以后每一年,与不同的"驴友"一起,都到国内外游览。国内的风景区,从南到北,从东到西,都有我的足迹:省内的各地、海南、黑龙江、浙江、湖北、湖南、陕西、山西、河南、河北、广西、山东、福建、江苏、西藏、新疆、青海、宁夏、内蒙古、吉林、辽宁……

到这些地方,有的是游山玩水,享受祖国的大好风光,有的是参观学习,到一些企业单位。

世界的景观胜地,除了美洲,也都跑了个遍。在出境旅游的过程中,通过后次与前次在国外"到此一游"的比较,明显看到了祖国日新月异的发展变化,以前对外国的羡慕逐渐变小,直到消失。所有出境归来的人都有感受,祖国富强了,民族强大了,更加热爱自己的国家和乡土。

在一系列旅游中,最令我难忘的是,这是后话放在前面说了,2008年,区政协组织有贡献的政协委员,到北京参观奥运场馆。因此,有机会到中南海、天安门、人民大会堂、航天馆、长城等名胜参观,并在人民大会堂澳门厅用餐。十分荣幸地是,在航天馆我们一行人,竟能与航天英雄杨利伟合影留念。

其他的旅游心情,在这里就不一一赘述,选了一些旅游随拍的照片,恭请鉴赏。

与航天英雄在一起

参观航天馆

龙集洪和回收舱

龙集洪和少数民族

到国外去

北京鸟巢前合影

背景是布达拉宫

五、自己的公司

自从买车以后,空间距离对我没有了障碍。我有心无心地,经常和村、镇干部、社长们一起沟通交流,以便结识更多朋友,学到新的知识。我始终认为,朋友是比金钱宝贵的资源。

1996年10月,通过镇干部的积极推动,区国土局要将嘉禾一带的国有危房,进行大改造,所谓"危房改造"。那时区国土局副局长张先生,带着工作人员到危房位置察看,和我们一起商量,以怎样的方式,坚决贯彻党的和政府的政策要求,不损害群众的利益,从提高人民生活质量出发,实施危房改造。并以此为原则,制订相应的改造方案。

我们有实力、有条件承接这个利国利民的项目。但是,在洽谈该项目的过程中得知,据有关法律规定,我们不能以个人身份,而必须以公司法人名义,才能够和国土局签订合作协议。因为要改造的面积很大,资金需要量也不会小,政策方面要求严格,国家行政部门不能和个人发生业务关系。我和龙志和没有泄气,感到这正是我们发展的良机。我们就找了龙达荣,黎再尤,讨论我们四个人合作的意向。大家都是干事业的人,我们一拍即合，立即筹集资金，办理注册公司事宜。

在1996年10月，我们四个股东，成立了当地首个公司——"广州嘉龙实业有限公司"。

公司四股东游欧洲

公司初创期老板和员工

我们考虑到是公司刚刚起步,坚持从简办事。当时也不大懂得宣传公司,扩大影响,只想能踏踏实实做好这件事就行了。所以没有召开成立大会,没有邀请各级领导和同行参加成立仪式。在临街办公室挂了牌子,就投入紧张的"危房改造"的准备工作了。

公司成立后,我们马不停蹄完善公司建制,很快和国土局达成一致意见。按国土局原先规划的面积,建好无偿交回国土局;多建的面积则由我公司自行处理。因为政府根本不用资金投入,还妥善处理了危房问题——这种"借用民资解决危房改造"的做法,在当时也是史无前例的创举,受到政府、住户等各方面欢迎。

我们公司也借这个东风,积累了资本,掌握了该种施工的程序和作业要领,在嘉禾地区成为一家知名公司。

1997年,我们的危房改造顺利完成,定名"嘉禾一号商住楼"。这不是一般的商住楼,它是嘉禾地区首个有国土局颁发房产证的商住楼。自从这个商住楼工程之后,我们四个股东的公司,就具备了资质,有资格、有机会和当地各村领导及知名人士一起,展开规模更大的交流合作了。

舞狮团合影

从繁缛的工作中,我也认识到身体是革命的本钱,没有身体就什么也没有了。正像一个比喻:你的生命和健康就是一字,你身后的或多或少的零,就是财富。你倒下了,零还有用吗?当我看到很多人去白云山晨运时,也跟着去动一动。时间久了,不锻炼反而难受,这样就养成了坚持每天运动的习惯。

我本来是喜欢运动的,也算得上"运动健将"!我与篮球、乒乓球、还有武术、舞狮都有天赋的缘分,我还和舞狮队一起表演。

夫人刘瑞爱见我每天不间断锻炼,身体越来越好,也想去锻炼身体。一天,她对我说:"你们大家都去锻炼,效果似乎不错,以后也带上我去吧。"我想,这是求之不得的呀,马上答应了。就这样,我们每天一早,都要去白云山晨运了。

刚去的时候不觉得怎样,但去久了之后,就一发不可收拾——刹不住车了!因为到了白云山后,接触大自然的清新空气,蓝天绿树,花艳飘香,碧波粼粼……感觉太好了!黄婆洞水库宽阔的水面,又是我展示游泳技术的场所!是我磨炼意志的战场!游泳后,在山泉泼水冲凉,冲凉后在山上喝早茶。那个感觉就像神仙一样!因无论你多累,经过"上山、游泳冲凉、喝茶"这三部曲后,都会精神焕发!这种运动方式,我一直坚持到今天,以后还会继续坚持下去。

1998年商住楼的项目完成后,我见弟弟的房子仍旧是原来的一层,还没改建过。我深感到自己对弟弟做得不够,决定帮助弟弟。我好一番做工作,说起父亲对我的嘱托,你两兄弟一定要同甘苦共患难!他听了这些,好不容易才勉强同意我的想法:决定在我房子前面,把一块龙景兴的房基地,用十五万买下,帮弟弟建了一栋5层半的房子。

弟弟房子有了着落,我又感到弟弟的工作是为村里人服务,一天到晚地跑,忙里忙外的。但是无论到哪里,他都要靠单车。路远费时费力,大雨天更不方便。我就执意把自己原来那辆桑塔纳,转给我弟弟开了。

做了这些属于分内的小事情,就算是没有辜负了我父亲的那殷殷嘱咐:兄弟俩要永葆有福共享,有难同担的兄弟情谊。通过这些理所应当的举动,也使我在众兄弟中间树立了一定威信。

1998年夏天，石井粮所所长黎先生，在和我们公司交流座谈中，进一步增进了对我们公司经营能力、风格和理念的认识；知道了我们公司"讲诚信"，做事公平可靠，值得信任。他就对我说，他们所里原来有个开发房产的项目，由于各种原因，已经搁置几年了，一直像块心病，解决不了。粮食局领导也一再催促他尽快解决，有意让我们帮帮忙。

我和公司几个董事，一起去他们局，跟局长苏先生一起看文件，实地考察。我知道了他为难的原因：资金和地理位置周边环境的敏感性。我们展示了诚意，对解决困难提出了可行的方案。一来二往，取得了他们的支持，终于达成合作开发协议。在准备重新启动开工时，由于我们准备充分，对有文物在的施工现场，建筑不能起高的限制，采用了灵活处置方案，一举解决老大难问题。经过粮食局领导和粮所领导两年的努力，才把施工手续彻底办好。我们知道，如果早一年开工，我们的成本就会减少好多。但既然是我们应承的事情，就坚决不做计较，自己吃点亏，不能难为别人！因此，我们按照商定，严格按原合同执行。粮食局方面对我们一个私人企业，能如此慷慨、大度的处理十分感激。

1999年，我前几年曾经与外商合作，用五十万一亩买回的三亩地，因外商个人的缘故，提出他们不能要了，问我怎样处理才好。我和公司几个董事商量后，决定按原价购回。就这样的做法与外商协商，外商也表示赞同，对他们而言，这是代价最小的。

于是，公司就买了这外商放弃的三亩地回来。我们也像以前一样，将地分成多块，我们每人留下二百平方米，余下的转让给其他人。这样，连同另三位股东在白沙湖租来的地块，也交由公司一起开发，为公司带来了很好的效益。通过这两年几个地块的开发运作，公司在新市镇各村赢得相当高的的声誉，公司的资质当然与日俱增。

同年十一月，我们在购得的地块上，决定由公司设计施工，为四个股东分别建造别墅。我和龙志和先生先建，以积累经验。我的别墅在二〇〇〇年竣工。看着有假山和小桥流水，绿化别致的小院子，看着三层半、双车库带大阳台的簇新小楼，我想起了父亲及更上几辈人，他们没有赶上好时代，尽管一辈子付出的心血、汗水更多，但是仍旧没有摆脱贫穷

的宿命！要庆幸，我们国家的路子走对了。

我在年底新居入伙，在别墅安居。

新居入伙不久，粮所黎所长带来好消息，石井粮所项目的重报手续，已基本审议通过，可以启动施工作业！我们公司那时，还有几个工地尚在施工过程中。乐得工地、白沙湖工地，也在准备过程中。真是忙得不可开交！于是，我们四个股东分工合作，各司其职，配合默契，互相尊重。我们四个人能长久合作愉快，其实很出乎意外。流行的一句话是，一山不容二虎。我们四只虎，却在一个笼子里其乐融融！这在社会上、在商业圈中，得到一致好评。要知道，一个人的公司好做，四个人的公司步调一致，实在不容易！也要感谢我的三位合作伙伴，有你们的心胸和气度，才有我们今天的成绩。

就在2000年12月，公司组织施工队，在做石井粮所工地开工最后的准备时，粮所所长说，局里要求这个投资项目，按规范要求，一定要进行招标；因政府政策是这样，不能变。所以粮所就按规定进行招标工作。但因投资方是我公司，我公司无资质参与招标。必须适当改变身份，粮所领导和我司商议后，就以挂靠的方式来解决这个难题。哎，真是好事多磨，在成功的背后一定是要经过很大努力，以及综合各方能力与运作，并有丰富的管理知识和经验，才可以实现目标。我深深感到，在社会与经济发展到今天，没有现代企业管理知识，和没有商业敏感悟性、集会胆识一样，成功是不可能的；粗放的经营时代已经成为历史。

2001年，经过多方努力，石井粮所终于成功争取到，由我公司、白云三建一起实行的方案进行施工。施工过程中，我公司也是贯彻"安全、高质"为第一生命的原则，极力要求施工队严格管理，做到安全、高质、节能、环保四维并举，让施工带来更好的社会和经济效益。

现在回忆起来，好像很快的一件事情。但实际工作中，不确定性太多，将发生什么，其实很难预测到。但是，我们坚信，无论有什么困难，只要团结一心，意志坚定，经过多方面、不懈努力，也会一一解决——天下无难事，只怕有心人！

最终，石井工程如预期一样，实现了安全、高质、高效益、控环保；

也给区粮食局解决了，历史遗留的老大难问题。这个工程真是多方共赢的大好结局，也为我公司在社会各界争得了更高的影响力。

工程顺利进行，胜利在望。我公司组建了楼盘的销售部，准备对石井工程的成果——商住两用升平楼，在社会进行公开发售。

销售工作之初，我们是建筑施工者出身，对售楼毫无经验可言，费了不少力气，付出很多"学费"，销售状况却远远达不到理想状态。我们找原因、想办法，觉得还是请专门销售机构为好，售楼毕竟是一个专门业务。哪个大开发商不是交给中介销售呢？于是，经公司研究决定，以总价承包，起价按比例提成方式进行，交由专业销售公司（中介）销售。

在这过程中，我公司在白沙湖的地块也开始施工，我公司几个地块齐头并进，你追我赶。这一系列业务的开展，使大家从各方面有了更大的提高，学到了宝贵的操作经验，在社会知名度也全方位打了出去，给今后发展奠定了坚实的基础。

升平楼经专业销售后，很快就全盘卖光。这使我公司在资金方面有了很大的头寸，在投资方面也提高了竞争实力。

白沙湖施工的项目经过努力也顺利完成了，之后也进行出租。从此，公司也有了自己的尚具规模物业。升平楼，白沙湖，也给公司开启了自有物业管理的新天地。

六、蛟龙欲腾飞

在这几年发展中,我们的嘉龙实业有限公司,形象与实力,在周边村、社干部心目中,已占据了一定的位置,在镇、区也小有名气。

2009年,在我们一项工程还处于在建时期,联边村的彭边社领导彭先生、叶先生等五位社长一起到我公司,交流探讨,他们村如何在缺资金、无项目的条件下,尽快发展致富的途径。

我们在了解了该村的具体情况的前提下,共同协商,议定了切合该村现状的方案:以我公司带资投入,建好厂房后再由我公司"承包出租"的方案。最终,按这个方案签订了协议。这个方案使彭边社完全规避了风险,即使有了风险也由我公司承担;保证了彭边社集体资产不能流失。这样的双保险方案,让该社社员打消了亏损赔本的疑虑,对项目成功的信心大增,因此积极支持社领导的做法。

在付款方式上,我们也尽可能予以优惠:他们可以在工程竣工后,我们负责出租。得到的租金按一定比例,作为他们对工程的投资款,逐步偿还给我公司。他们也可以有收入。也就是说,他们不必投钱,又能赚钱。

这个方法让我公司，在当地有了更响亮的好名声。

我想，既要做好事，更应做好人，首要的是对人要真诚，做生意要求双赢，企业在社会上才能有生命力。在第一个合作项目完成后，他们对我公司信赖度大幅提升，决定把整个工业园给我公司规划、建设、投资、出租一条龙来开发。

他们开始担心，我们是否会接受。就试探地问我们，是否有这样的做法？有无意向去做？

我公司在讨论了利弊后，决定支持他们发展是最重要的，我们希望周边的邻村，都尽快步入发展的快车道。一枝独秀春未到，万紫千红才是春。同时，这也是我公司展示投资实力的舞台。从我们的经验看，只要能有把握，顺利出租竣工建筑物，就不会没有效益。这点，根据对形势的判断，我们信心充足。

因此，公司做出决定：仍然以首次与彭边合作方式操作。但这次，我们提出个要求：允许我公司在这个工业园，租几亩地做公司总部，租金与其他租户同等价格。他们社开会，通过了我公司请求。这样，坐落在钟大岭联边工业园工程项目，正式签订了合作协议。

在建成公司办公大楼的同时，工业园也胜利竣工了。那年，我们的嘉龙实业有限公司，就迁入联边工业园嘉龙大道一号办公。那阵子，公司的业绩更像春天的芝麻节节高。要说办公环境，在当时民营企业来说，我们公司也属一流。

我们采用了人性化的设计方案，职工宿舍楼下，开辟了绿树环绕的篮球场，给打工的年轻人创造文化生活的氛围，增加他们对企业的归属感。我那时就产生了，对企业文化的崇拜感。一个企业，没有自己的文化，不可能把几百，或更多的职工凝聚在一起，不可能让背井离乡的人们，有踏踏实实的稳定感。

但是不能不承认，这个村的工程建设项目，是该村社长们给了我们机会，为他们村做了比较大的贡献。很快，他们又提出，在比邻的地块，让我们以同样的方法，继续给他们村开发更大的园区。

但是，人总要有面对不断变化的新情况，是社会有人群，不确定性就

存在，就什么事都有可能发生。对于突如其来的事变，不能不理解，其实一成不变才是奇怪的。这不是，由于当时村社要换届，所以这个更大的合作协议没签成。因此，彭边村期望更大的发展空间的蓝图，就这样给硬生生地半途而废。

该村换届后，他们把那块宝地就闲置下来，一直到2016年，也没有开发。村民知道土地的价值，纷纷各自分包做停车场，还有废品堆放点——真可谓高射炮打蚊子，大材小用了！想起来这宗未竟的合作，非常可惜，倒不是我们没有因此赚钱，我们的工程基本承接不过来。主要是该村错过了机遇！如果那时交给我们公司，帮他们发展，那产值肯定以"亿"元计算了。这有什么办法？在市场经济大潮中，有的人思维总是不开窍，思前想后，小心翼翼，总是冲不出小农思想的樊篱！这也是一种时代的悲哀吧！

还是说我们公司吧。因那一年，也是我们村干部换届。公司两个合伙人，龙志和、龙达荣也在各自社里当了社长。这也必然促进了我们公司，与他们社的合作的机会更多、更便利。因为在他们出任社长之前，已经通过带资包建、包租的方式，兴建了两间厂房。那年，也将彭边工程建成，公司为了他们，把全部厂房全租用了；还给了他们2001年完成的工程，就在我们村、社继续经营，给他们带资包建、出租等总承包的权力。还多建了两栋厂房，为他们社的经济注入了新的活力。

刚建好几个月后，时代地产就征用了他们的土地，所以我们投入的带资资金得以很快回收。也是在两年里，联边村因华南快线征地，资金也分期回流公司。因我们公司一直奉行诚信守约、安全第一、质量是生命的经营管理方式，这几年的发展迅猛，同时赢得了大家的拥戴，所以迅速扩大了财富规模。

在一社工程尚未完成的时候，尹边的一位社长带着他们社委一起到我们公司，真诚邀请我们，为他们社发展出钱出力。我们被他们对公司的信任打动了，遂决定以过去同样的方式，为他们修建标准的厂房，他们原来都是用石棉板搭建的简陋厂房。尹边社长回社里，把与我司协商的结果带回去开会。会议没有异议地通过了包设计、包带资、建设、出租为主的方案，签署了协议。这也是我公司支持尹边发展的第一个项目。

尹边项目也和彭边的做法如出一辙：两栋厂房建好、出租后，即准备和他们协商，将其更大一块地用来一起开发。工作展开了，要致富，先修路。建设环村路是先要考虑的。我们公司，已经把他们村的环村路两侧，两个比邻生产社的不融洽关系化解开了，使他们一致同意全力把环村路搞好。我公司还通过社会扶贫机构，为他们争取到八十多万元的支持资金，并在建路过程中，解决他们之间新产生的纠纷。

本想有了资金后，就会有更大发展空间，但半路杀出个程咬金。在大的思路和原社长已经规划好，准备签合约之时，正值换届之年。他们村的年轻一代在选举中胜出，新领导就把我们的发展规划，转给了他与村书记的弟弟那里发展。

因为我们公司和他们村领导也是好朋友，所以也没有去和他们争执，这也体现我公司的宗旨是"求财要取之有道"。俗话说，只要有本事，外面满地黄金到处有。是的，这里的没有了，以我公司的实力，在那里不能发展呢？

七、道路不平坦

2001年下半年，尹边村工程在进行时，罗岗村黄某某所在经济社也有一块地，准备开发，也要建厂房。可是，他们经济社没有资金，无法实现开发愿望。黄某某知道我们公司在这方面有路子，就找到我公司来，要求与他们一起合作。但是，需要我公司出资，黄某某以其关系投入。也就是我公司和黄某某成为一方，即共同投资人，与黄某某的经济社，也就是被投资人，形成商业上的两方关系。

我公司与黄某某也商定好了，我们之间的利益分配方式。我们也相信了黄某某，他既然与经济社关系密切，凡是与经济社的联系，都由他出面。

这样，实际上代表我公司的黄某某为一方，与他们经济社签订了我们为该经济社，承建厂房的合作协议。合作协议明确规定，以厂房租金归还工程款。

那个时期，广州城郊这类工程如雨后春笋，方兴未艾。我们也努力抓住机会，尽量多揽工程，壮大自己。

由于又有了罗冈的协议，我们在尹边工程完成后，马上组织施工力量，进驻罗岗村工地。这样做，时间是紧迫了点，但是，工地转换衔接紧密，我公司的材料就得到了充分利用，于减少企业成本有利。好在这样的工程，对我们来说是轻车熟路，不会有什么问题。所以，又经过一年的辛勤劳动，工程顺利完成了。

2002年，工程验收之后就，就只待一笔资金回收了。一个月过去了，两个月又过去了，半年过去了，罗岗村黄某某方面，一直没有消息。

按着一般的情况，建筑物交付开发方之后，一两个月完成出租业务，资金有回收是不成问题的。可是，目前罗岗村的拖欠究竟为什么呢？我不愿意把人往坏处想，大家相处，既然都当作朋友、乡亲，怎么能背信弃义？怎么能因小利而失大义？对黄某某，我也是同样的思考方式。

但是，我们还是几次去找黄某某，想问个究竟。可是，都找不到他，总是在外面，不在家里。开始，我们不想去签订协议的经济社，因为我公司的行为是建立在与黄某某个人信任的基础上，是他直接与经济社签订了有效协议。两方协议，只有双方签署人才有权力追究协议的执行过程。我们被动了。

一年多过去了，罗岗那边也有消息传出来，我们投建的项目已经有了收益，不应该存在没钱还款的问题。可是，黄某某方面就是销声匿迹，毫无动静。我们在等待无果的情况下，只有先不以投资人的身份追索，只是以个人的身份去罗岗经济社了解情况，询问所建厂房的运作事宜。

到了那个经济社，与村干部交谈，我们都很惊讶！原来，早在一年之前，厂房出租之后，一百多万工程款就已经支付给了黄某某！作为合作方经济社，如约履行了还款义务，没有丝毫违约行为。而作为我们相信的没有出资、凭关系入股的共同投资人，竟把工程款私自鲸吞！

我们公司知道了这个情况，的确很气愤。对别人的信任，竟被廉价利用，反过来作为欺骗的手段。我们千方百计地寻找，对他的行踪慢慢了解得清楚，终于有一天见到了他。

开始的时候，他还总是为自己辩解：他还有别的项目，急需资金，因此挪用了这部分工程款，并没有忘记，想着有朝一日如数奉还。我们对他

的不老实态度很反感，强调按法律规定，他必须归还全部工程款属于我公司所得部分，否则采取法律措施，一切后果由他承担。

黄某某自知理亏，态度从不当回事，慢慢认真起来，答应分期归还。我们也是得饶人处且饶人，既然他答应还款，虽然给我们带来了损失，也不想深究了。

后来，黄某某把工程款分期还给了我们。真是人心难测啊。我们出资和他一起合作，但他就私自收了款，也不告知我公司。使我公司在这一年里，还没有怀疑他。致使我司资金被拖欠一年多；与村社干部沟通过程中，平白无故增大了费用！这个损失买了个教训！

总结起来，在这个过程中，说明我们还不够成熟，不够严谨，我们有几个方面应该反思：

第一，这种在商业谈判中，失去主体地位的做法，是不可取的。本来我们是出资方，名正言顺的谈判主体，却图方便，听信了黄某某的话，把主体轻易放弃，使得他钻了空子。说到底，这还是"义气"用事的行为，真正的商业活动中，法律原则不能违背。

第二、对人的信任，一定要有严格的考察，要有一个过程，不能轻易下结论。对黄某某就是这样，本来没有很多了解，匆忙委以重任，难免产生后患。

第三，事发之后，不能心存侥幸。从企业效益出发，也要及时跟踪，抓紧弄清事件原委。如果早一年与经济社联系，不至于被拖欠那么长时间。

或许，人，所犯的第一次错误，可以原谅，尤其是对年轻人。但是，如果不汲取教训，难免日后重犯……

2002年下半年，在与罗岗村黄某某合作过程中，刚好赶上那年乡镇体制改革——撤镇建街，也是换届年。均禾街长红村迎来了新一届领导班子。他们为了发展经济，也是新人新面貌，敢作敢为。他们将村里工程公开招标，允许有资质和保证金的公司进行投标。连我们公司在内，共有六个符合资格的投标单位。他们就做了规定：六个标的价格平均，取其下限中标。投标结果出来,有两个中标,我公司和长虹村公司同样是四百九十元一平方米。怎样更快确定这个标的中标人?这就费了心思。

陈贵平主任就说,执筹(抓阄)解决!两张纸,一张写个"中",一张空白。执到有"中"字的筹,中标。两个公司在谁先执的问题上起了争执,不肯相让。主任说,两人用包(猜拳)的民间方式来解决。结果,他们村的公司赢得了先执。但他们执出来后是空白的。大家纷纷向我祝贺,但我还是坚持,要执后拿到"中",才接受大家的祝贺。我为什么要这样做呢?既然是名正言顺的中标,在每个环节上都要无懈可击!

这真是个好的开端。这次中标,使我公司在长红村,有了能做几年的长期工程项目。在工程进行中,他们有的经济社提出,要我们公司和他们经济社合作,共同发展。由于社里没有资产可用,我公司就和他们村以相同的方式——带资包出租,和好几个社协议合作。在这个合作过程中,有一个由私人带资的项目,就给了他们。这方面合作伙伴是:陈细群,陈连等。

因为他们是村里的人,我公司以成本价四百元一平方米造价,给他们建四千多平方米。他们说建好后,就在租金里给我司工程款。但到了三年后,他们租金也收了,厂房以一千八百元一方卖给了别人,也不给我公司工程款。后来,经我公司真情实意多次追讨,他们在四年后才还清工程款,使我公司在经济上蒙受到不小损失。这也是个教训,真是"人在江湖混,就得付成本"!

总结起来,这件事和前面的相似,也是在合作对象的选择方面,轻率所致。不过,依我的经历来看,对一个人的品德和诚信,是最难判断的。

2003年,在与长虹村经济社的土地开发合作中,出现了一个问题。有一个经济社,由于没有资金,也来与我公司商议,想给我公司一块十多亩的劣地,作为十五万一亩的价钱顶替工程款,让我们协助经济社开发土地资源。到实地观察结果,我公司并不满意该地块,不靠路边,距离水电管线远,烂石垃圾成堆,布满水坑。

我们公司为此事专门开了会,讨论该怎么回应。大家的认识逐渐一致,虽然感到应承他们,对我们的确不合算。但是看见他们实在是困难,

工程项目对他们脱贫至关重要，还是以助人为上，公司就同意了他们以地价，顶工程款的做法，帮助他们实现开发的心愿。

这样做，看上去是帮助了别人，但换个角度看，也使我公司有了自己的土地，可以随自己的需要灵活使用，当然可以办实业。那块土地可以壮大权属自己的物业，给公司增加长期的经济来源。

由于在长虹村时间较长，发现了他们的需要，我们都义不容辞出力。为了支持长虹村的幼儿教育，我公司与村里协议，建一个幼儿园。因村里资金、材料全都没有，陈主任说，请贵公司带全资，为村民解决幼儿上学问题吧。他这话乍一听起来，听起来像是狮子大开口，令人心生反感。但是我想，由于他们村给我公司很大的支持，我公司才得到如此多的长红村的工程项目。知恩必图报，君子为之人道。

最终，公司研究决定，全力支持村幼儿园项目！因价格低，所带资金连银行利息也回不来，因此就当作半公益项目去做。幼儿园2003年11月28日开工。我们在长虹村投建的幼儿园完工的时候，该村的小孩在家门口有了自己的学校。但由于村里实在困难，在幼儿园投入使用后，我们连出租费也没有马上收取。这一来，使我公司的投资款回收的时间变得不确定，使得公司资金周转有了一定的压力。

几年之内，我公司多次找村领导们协商此事。后来，他们才答应给我公司地块使用的方式进行调解：他们给我公司十亩地，使用五十年，并签了协议。这样，才将这一百多万元冲销。但那地块，一直没有给公司产生效益，只有支出没有收入。这个公益项目真是彻底。

虽然如此，每当看到孩子们受益，家长们高兴，我们也心安了。

经济上小有损失，但是几年时间里，我公司在促进长红村经济发展过程的同时，公司本身也在各方面得到成长壮大。

公司在2002年发展了一个新的项目，即成立了嘉艺公司。新公司以塑料加工为主业，是为化妆品厂加工包装瓶的工厂。

但是，扩张并不一定都成功。我公司的经营经验不是塑料加工方面的，加之供货对象化妆品厂处在转型时期，原材料涨价，导致业务疲软。连带我们在资金回收上，产生有一定的困难。这样经营两年后，几个股东意见有了分歧。

我和大家分析了塑料加工行业的现状，和我们的能力之后，决定将该厂买给别人。并规定，在同等价格上，股东享受优先获得权。

股东龙志和有过在这类工厂的经验，有意接手。股东会一致同意，嘉艺公司以三百万元的价格转给他。在清理账目时，还有二百多万的货款没有收回。所以，投资这个塑料厂肯定是赔本的。但能果断以快速处理，避免了以后更大的麻烦。

我从这件事情上，也得出教训。企业既要看准目标方向，又必须稳扎稳打，不能心血来潮，凭感觉扩张，尤其不能涉足陌生行当。

公司在2003年5月，又发展了一个项目，是开设在黄边南路口的"嘉涛休闲中心"。

项目在刚开始时，受到一○六国道扩建工程的影响，最初几年都没有什么效益。在道路扩建生意难做的时候，我们想这个项目，属于娱乐健身性质，周边有许多厂家，拥有客户群，会有的发展前景。

我们就决定和村里商量，在原来二层的基础上再加一层。这样在空间上有了更大的发挥，使经营环境更好。正如预料的一样，该项目为公司带来更大利润。

时间过得好快，在经历了十多年后，我们几个股东都有了各自的发展之路，在经营管理上无法统一意志。股东们谁也不愿去管理。因此，就请了李女士做经理。她做了几年后，我们几个股东再也没有心去管。也是"分久必合，合久必分"吧！有两个股东已移民加拿大了，所以决定把嘉涛休闲中心转让。找了几个投资人也没有协商妥，在2014年9月末，以一百六十万转让给了李女士。

公司在这些年似乎一帆风顺的发展中，经营者也必然会经历一定的磨难。最刻骨铭心的是，在白云机场安置房工程上的经历。

该工程由广州市白云区人和镇土木工程公司总承包。该公司每个项目经理，可以承接一个标段的工程。我的同村本家兄弟某某伦，因是人和土木公司的项目经理，所以得到一个标段的工程施工权。他本人两手空空，根本无法运营，就跑到我公司，要求与我公司合作，共同承接他的标段。

我公司看在本家的面子，经研究决定与他合作。合作方式是：由我公司施工并出资；他负责与甲方联系；合作利润是各得百分之五；现场也是由他管理。

本来该工程如果管理得当，可以有百分之二的效益。但某某伦对于管理，根本一窍不通。致使发包给工人承包时，让二包拐带走资金。牵扯到工地工人发不出工资，酿成了大麻烦。工人在工棚里闹事，与管理人员打斗，造成停工。某某伦见乱套，也不知道怎样处理了。大概是碍于面子过不去，没及时通知我们。更为严重的是，为了赶工期，他竟不负责任，胡乱对工人做出承诺，用诱骗手段让工人开工。这样，工程完工后，工资又不能兑现承诺了。遂引发了"二次工潮"。在二次工潮后，迫于无计可施，无法收拾烂摊子，才硬着头皮把发生的情况告知了我们。

我们去现场了解情况后，才知道这场风潮，完全是由于某某伦毫无管理能力和经验，造成了如此无法处理的结局，甚至闹到需要动武来解决问题。这个事件，给公司造成了巨大伤害。在解决问题那天，我头脑发热，也找了一百多人，想以武制武。

就当时的情况，我们处境十分被动，对工地工人根本不了解。我们人虽多但在明处，他们人少却在暗处。也不知道到底是那些人闹事，他们也不站出来谈判。到下午五点多时，也是老天不帮某某伦。恰巧下雨了，我们一百多人上车，准备分别回公司。就在此时，有二十多个赤膊大汉，手持大刀，气势汹汹向我们冲了过来。我们根本没料到，他们会有这一手，被打得溃不成军，四处逃散。

我更气不过，寻机避开风头后，马上指挥前面的人返回。不到五分钟，我们几十人就赶回来。但他们似乎还有准备，见我们回来就呼啦一下散去，又找不到了。他们原来赤膊上阵，散后他们迅速穿上了衣服，我们一个也认不出来了。我们就地警戒，一些人就看护受伤的兄弟们。看到朋友们被他们打得遍体鳞伤，我马上组织大家，将他们送到各医院疗伤。但见不到某某伦，就马上四处寻找。后来得知，他是那帮人要找的目标。他已被那些人抓住了。那些人也够狠，将某某伦砍伤两个膝盖不算，全身也挨了十多刀。我们找到他，立即送到中医学院抢救。幸无生命危险，也是不幸中的大幸了！后来兄弟们伤愈后，公司一一做了经济补偿，他们到现在也是我的好兄弟。

这些兄弟是太和营溪村的，还有太和上南村的、黄边村的，一共一百五十多人。就因这场大混战，公司经济和人情上有相当大的损失。在经济上，原本是该有利润的，经过这次事件，我公司损失了二十多万元；在人情上，对不住帮我们而受伤的兄弟朋友；另有物资损失，十多部小汽车被打烂，总计算起来损失已超五十万元。这是我公司有史以来最大的经济和精神损失。

通过这次与某某伦合作事件的始末，我公司更深刻地反省，我们只考虑哥们义气，兄弟关系，乡亲邻里，是多么幼稚。我们合作对象中，前有黄某某，后有某某伦，这两人中一个是好朋友，一个是兄弟。一个是不讲诚信，一个是无管理水平。我们还是与他们合作了，后果如此不堪设想！

所以，前次教训如果说情有可原，那么，这次的失误，就不可原谅了——竟然在同一个事情上，重复犯错！通过这个教训，我深深感悟到：对于道德素养有缺失，不讲诚信，没有管理经验和水平的人，即使再好的亲朋好友，宁可资助他、给他钱，但绝对不能赋以重任。

一个人，永远不能故步自封。

我们在社会上，需要学习的东西太多太多，需要历练的地方太多太多。社会是一个大学校，知识也是动态的。老资格，老经验，在现代科技发展爆发的时代，必须加上锐意创新，才可能立于不败之地。

八、资教悟人生

我本来就是黄边村人,在本村的黄边小学读的小学,我的孩子,兄弟和乡亲的孩子,都曾经、尚在或今后还就读于这所学校。因此,这所学校对村里人的意义,是启蒙的园地,是通向未来的起点,是应该受到敬仰的殿堂——我对这所学校有着特殊的感情——对知识的尊崇和对乡土的挚爱交相融汇。

更重要的是,在社会上闯荡了多年,越来越深刻地认识到,文化知识和素养的重要性。一个民族,一个国家,只有以教育为本,才是国家与民族兴旺的基础。不能因为我们这一代教育缺失、文化水平低下的现象,延续到下一代!也不能因为我们这一代没有给教育创造条件,而贻误下一代!

正因为这样,我越发对教育特别关心。

2003年,黄边小学校又面临历史机遇——晋级。但是,学校是靠财政拨款运作,要达到晋级要求,依然存在资金缺乏的困难。我决心用自己微薄之力,倾力相助。在学校报升成为区一级小学时,我就借钱给了这所学校。

在这次借款没有还清时，他们又要更上一层楼，升为市一级小学。当时，他们都不怎么好意思向我开口。

情势逼得实在没办法就又找到我。他们深感机会不能放弃。我知情后，认为，这不是放弃晋级的问题，而是关乎孩子命运的大事。于是我再次竭尽全力，解囊相助，帮他们升为了市一级小学。

当我知道，广州还有省一级小学之后，就想到我们村的孩子，也要享受省一级学校的教育！我就抽时间，主动去学校，邀学校的胡校长和唐副校长，和他们一起去市内省一级学校参观，看一看省一级学校的软件和硬件条件，具体说就是校园环境和设备需要。我们先后去了天河的石牌小学，白云景泰小学等多间省一级小学，作了认真调查。参观后清楚了，根据黄边小学的现状，按这些学校升省一级的做法，需要天文数字的一千多万元投入，才可以使学校晋级成功！

回来后，面对巨大资金缺口，校长们都失去了信心：我们到哪里弄到那么多钱啊？砸锅卖铁都没用！我不是那么想的。我就对校长们说，他们那是用国家的资金，报价当然高！如果我帮助你们学校做，一定不需用这么大的资金额度，只用他们资金量的百分之三十就可以。当初，他们怀疑说：怎么可能？我就说，我说行就一定行！

我不是说大话。我做了多年的建筑业务，工钱、料钱和管理费用等等的报价计算，没有不清楚的。况且，我还知道在哪里进料物美价廉……

他们见我有这么大信心，就下决心，把黄边小学升格——办成省级小学！

于是，就按我制定的方案进行施工。在整个进程中，还是有几个小工程按学校的方案了，加大了些资金投入。主要部分，十多个功能室，文化长廊，体育馆，足球场，道路，下水道，等等，全校大规模的整改，都是按我的方案操作，实行工人包工，学校购料。我还提供采购的店铺给他们。我毕竟是从事过建筑装修工程的内行，所以去掉了中间商那一层，必然节约成本。就是说，直接人工、材料费和管理费总计，到完工验收，决算结果真的没超过预算。

最终，由于黄边小学的改造升级使用资金少、成果效益大，也得到教育局的表扬："这就是用小钱办大事。"教育局认为，如果按黄边小学的工程量，没有一千万以上绝对做不到这样的效果。

2004年5月，公司在各方面已进入正常运营阶段。记得是五月十三日，我们几个朋友，在联兴大排档聊天、吃饭，交流和休息。刚好我村学校校长、行政人员也在场。饭后，我们又一起扯到教育上，对学校充满期待。

学校方面的人说，学校眼下要面对"提升等级、整治环境，创造良好教学氛围"的重要任务。是啊，教育树人，百年大计。这个任务完成好坏，关系后代的成长。过去我也曾常在村里，支持了一些体育比赛等，也给过学校一些的支持。

现在，听学校的人这样讲，我就想，能否再做一些事呢，协助他们早日完成任务。我想到，他们学校还有个卫生死角，极不卫生，也影响治安。于是，我就提议，将那个死角搞一个绿化园林，或种一些农产品。既让学生有个农乐园，又可以解决卫生和治安问题。

他们听后很赞同，但又说好是好，那时需要钱的呀，学校经费根本抽不出资金去做。我马上答应，这你们不用管了，我负责解决资金问题。

他们听我这么痛快提供资金，高兴得什么似的，连连表示感谢。我看到他们这么的感动，深深地体会到，用自己微薄的力量，给社会上一点点回报，使大家开心，真是一件幸福的事情。那种成就感，比赚钱更强烈。

黄边小学校三步升级顺利完成了，但我自己的工地就欠缺资金了。

原因是，2004年，我在太和镇大沥村区庄四社，与关镜明兄弟俩，一起租用了一块十二亩的土地要建厂房。因买地和建设二万平方的厂房，需要大量资金。我原来预计资金是宽裕的，但我用了几百万支持学校升级建设，自然造成资金不足。

这时，我也听到了风言风语，认为我不该那么大方，用自己的钱砸水漂。我一笑了之，根本没有后悔支持办学。孩子们能在一流学校读书，自己损失点钱算什么？那个大那个小？我心里明白，相信大多数人都清楚。况且，我可以融资，于是自己就用贷款来建设厂房。

这次助学，我的确是做了好事：出钱，出力，出人，不求回报。但也有人不理解，怀疑我是在给自己找工程做，赚钱独吞，不给公司分利润。因为我做公益，是不求回报的，所以事前没跟公司的同事说清，这让他们对我产生误解，以为我自己私自做工程求利益。

我也知道，这些同事都是"在商言商"，以商业利益为上，无可厚非。因此，公益的事从来都是我个人出资的，这不能勉强别人，我也没有必要与其他人说。也有可能是我处理得不够圆润，做得不周全，我怀着诚意，对不理解的人们说声：不好意思了。

说到太和我两兄弟与关镜明兄弟俩，一起在区庄建厂房的事，还要旧话重提。我在1980年就与这兄弟俩一起相处过。他们也在工作上，以及其他方面，长期关心我，支持我，帮助我。他们在那个年代已经很富有了，我还在起步。也许是缘分吧，我们那时相处十分融洽，像亲哥们。好人有好报，种善因必得善果，时机到了就一定会有收获。

现在，我村里有一批客户要转移，我就到营溪村一社，二社租地，将几十亩地以二元一平方米的价格租用，接收转移的客户。我与社长辛先生，吴先生讲了我的想法，让他们在经济社讨论决定，十天回复我。

在这个过程中，我去关镜明那里喝茶。向他说了这个项目。他说好啊，就等他们答复。过了十天，我去营溪找两个社长，他们说不同意。我说算了，就告别了两个社长，立刻去关镜明那里说了这件事。

关镜明说，没关系，大沥那还有一块地，十二万一亩，使用期五十年，一次性交租。我说，好啊。我和他马上去看了地块。看后我说：可以。

因那是大沥四社的山岗地，不属水田，在当时是可用作建设的。我们马上找到四社社长陈先生，和他说出我们的意图。原来正是他找人买呢，我们一说即合。经过几天的细节协商，他们社里也开了社员大会。通过各方支持努力，很快就和该社签了协议，并在当年把厂房建好出租了。

大沥四社厂房完成后，我对关老板说，我已经有十多年的经商发展历史了，要休息一下，思考一下，不继续做这个了。我说，你如果有意思继续要做下去，就按我们俩的合作方式，去与其他合作伙伴，争取更大的宏图吧。我与他的合作方式是股份制，后来他在太和，和多条兄弟村的朋友

一起进行下去,有了很好的发展成果。在太和,人们都以他为荣。

2005年,在完成支持黄边小学校,连续升市级和省级,太和大沥工业园的建设和出租后,将物业交给太和关老板,由他请人员管理物业,我就回到村里公司继续长红的收尾工程。之后在双和庄的工程上,几个股东都不去做了,就由龙志和个人去发展。我自己就说,已发展了十多年,要享受人生了。我在2003年加入了白云区政协,做了政协委员,工商联常委。

参加政协会议

在区政协这个组织中,让我学会能从宏观角度观察问题。因此,好像站得高了,看得更高更远。事业的扩大,使我从单纯商业角度跳出来,才知道社会之博大,人心之所向;兢兢业业,克己奉公者有之;人浮于事,以权谋私,钩心斗角者亦有之。真是大千世界,无所不有。用家乡话说,真是一样米养出百样人。我更清楚人生真谛:要做好人,能为社会献出自己的绵薄之力,应该成为自己的人生追求!

因经过几十年的人生经历,体察社会,使我彻底领悟到了,个人在世上相对于无垠的大自然,真是渺小得无法相比。大自然是无限的,所谓

"日月星辰照万年，江河山川存千载"；人生不过是历史匆匆过客，短短百十年而已！要珍惜这短暂的时光，让这几十年活得有意义。意义不是得到无数的金钱，而是对亲人，对乡邻，对一切人都能有所帮助。

况且，自幼在父母的言传身教中，也得到了很好的训导：他们重情重义，就是在自己困难的情况下，仍要对兄弟、朋友关心爱护；做人要正直诚信，决不让人吃亏……这些在我心中种下的善良爱心的种子，在我接触新的、大的环境下，发芽开花结果了。我更坚定了依其为行为准则，为社会，为乡亲，为亲朋好友做应做的善事。

时间很快到了2007年初，我哥在均和喝早茶时，见到我表叔周先生。回来后我哥说，表叔的生产队有一块已有手续、可以用来建设的土地。这块地是以前一个车坡村的投资者所有，但他在准备建设时，被永兴村里的村民有意刁难，便不再投资了。这个信息表叔知道后，就与我哥龙集全说了。我哥跟我说，我们去做这个地块。我说，我已经无意投资了，如果以金钱作为目标，何时是了？人，为什么做金钱的奴隶？应该高品质的享受生活了！他很惊讶，也不确定我说的是否当真。后来我的一系列行动，才使我的亲友确信，我的确转移了人生坐标。

我知道人活一世，不可能总是顺风顺水。人兴旺十多年，一定会有个波折，并且是不可避免的。虽然，任何人都想永远一帆风顺。

我哥和几个村里的兄弟、好友，还有我弟都劝我说，你继续做吧，就当做好事，带大家共同致富，有什么事我们一起承担。就这样我们以八十五万转让费从永兴四社租了那块地，很快签了转让协议。永兴四社周先生就协助我们，把他们村里好闹事的村民沟通好，使我们得以顺利开工。在几个主体和宿舍完工后，我们就把在龙兴路边的一块七百平方米的土地继续做好了准备，要接着开工，很快我们又建好一栋七层高的商业楼，已经进入内部装修阶段了。

这过程中，我们没有去做社会上的业务；他们永兴村是很多条自然村组合起来的，心不齐；那时赶上是拆违章建筑的高压期；也是我们的运气不佳，该有此难。所建工程商业楼，被太和镇城管全部拆除了。其实，拆除过程并不顺利，永兴庄的村民曾全部出来，阻止城监人员拆除。事情闹

得好大，后来只好出动公安分局特警来强拆。

其实，这是个有完备手续的项目，本不该发生这种事情。不知是哪个环节出了问题。

在拆除的过程中，挖掘机操作手工作失误，房子把整部机和人一起压在了下面，有人员受伤害，真是遗憾。

我主要是思考，为什么会出现这种事。既然是镇政府的决定，我没有说什么，政府自然有政府的道理。

我担心有人继续闹事，在城监在拆除商业楼时，我和社长几个人一起出外旅游了。去了江西，在庐山玩了五天，等事情结束了才回来。那块地也一直闲置到现在，没有发挥土地的经济作用，可惜的浪费！

2007年4月，那天我刚从白云山运动后回到公司，冲好茶几个好友正在品茶。这时，嘉禾派出所的几位民警刚刚出完警，到我办公室饮茶。交流时，一位民警说，有点可惜，多么好的地方呀，经常发生警情！我说，哪里？他说，不会吧，就在你们村的公园，你都不知道？我说，是啊，真不知道。然后，他才说出真相。

原来事发地就在我公司对面。我和民警们饮茶后就一起到了村公园里，我一看真的很惊讶，这么好的地方到哪去找呢！怎么能出事呢就是没人管的缘故！

民警叶先生就建议，八叔，你就将公园承包下来，负责管理怎么样？也算为保一方平安作贡献吧！不然，无人管理，花草树木的，晚上一片黑漆漆的，环境不好不说，还容易发生治安案件。我们派出所已经将这个公园，列为案件多发地来了。

我感触良多：这么好的地方搞成这样子，我作为村民一分子，也深感到愧疚。我暗下决心，一定要改变这种局面！

过了两天，了解到全部情况后，我就直接找到龙书记。向他说了我的想法：公园由我管理，功能不变，作为村民休闲娱乐的场所；但平时维护，保安，保洁，由我负责开支；区镇的维护费由村收取，我也不付给村场地费。后来，村委研究决定，按这个方案给我管理。

在2007年5月份，村里龙耀明先生和我签了合作协议：按前面约定条款，公园由我接管。

接管后，我在第一时间解决了治安问题；并将整个公园用围墙围起来；修了门卫室，请了门卫；铺设砖路；更多种植树木花草，搞好环境；添加体育设施；安装雕塑；挖湖造亭……将公园变成了广大居民喜爱的乐园，也为文化传播事业开辟出施展才华的宝地。

我们村把公园定名为：黄边公园。

公园开放后，每天游人络绎不绝，湖边亭子里经常有老人下棋，带小孩的乘凉，情侣幽会……最多的还是步行锻炼或使用器材健身的人们。

九、人生新境界

二〇〇八年,通过政协的平台,与石马村候锦祥老师更加熟识。那年,侯老师也加入了政协,成为政协委员。侯老师早年就是新市镇文化站长。多年以来,他在基层文化战线做了许多普及性工作。他酷爱书画,也是白云区的书法名家。在政协,我在工商组,他在文体组。从他那里,我认识了书法艺术。可以说,他是我的书法启蒙老师。

幸运的是,我学习书法,有一个令人赏心悦目的环境,就在我承包的黄边公园内。为了学习交流方便,我在公园建了座六十平方米的二层楼房。第一层就做我的工作室、接待室。房间里放置了文房四宝、茶台等用具。还特地制作了一个书法台,方便学习书法。

在我还对书法不通窍的时候,侯老师经常来指导我,使我对书法这门传统文化宝库,有了深入的认知——这不仅仅是写字,而是继承中华传统文化的行为!由于侯老师在政协文体组,他自然也在组内,与一些文化人交流。我相当于是侯老师的学生,他也经常带我参与交流活动。这种交流,使我的眼界大开,结识了一批"文人",听这些人谈吐,我更加崇敬文化大观园里的一切。

侯老师与文体组里的文联主席沈平，工艺大师王增丰，唐大禧，陈训勇，罗照亮，画家郑文岩，书画家赵节初，李海，卢正光等老师都很熟悉。他就常把这些文人名士带到黄边公园，与我一起研究，怎样将公园打造成白云区文化品牌；让传统文化入社区。

但是，政府对一件事都要充分论证研究，才能通过。我们的计划暂时搁浅，不能立即实施。虽然计划没实现，但通过与他们文化人的交往，让我对传统文化的认知度、内涵丰富度、进入其中的迫切度大大提高了。实在说，逐步认识到传统文化博大精深，感受到我们的祖先是多么伟大。当然，我也被中华文化的民族魂魄所吸引，在未来的生活里中，要尽情享受传统文化的情怀和熏陶所带来的，自身精神境界升华之乐！

日月如梭，时间到了2010年春天，黄边公园已经成了周围民众游玩、锻炼的最好选择之一。竹林苍翠，花香怡人，百鸟啼鸣，人称"闹市绿洲"。

广州知名的香雪书画院按惯例，在广州文化宫举行一年一度的书画展。就在这个展会上，我从书法界的老师讲话中得知，在中国书法界占有一席之地的龙志航先生，是我的同宗——江村大田学边人。

真的是亲情脉通，血浓于水。我特意邀请龙志航前辈在文化公园里相见。我们一起用餐，一起交谈，十分融洽开心。真是一见如故！

我拜读了他的书法作品，每一幅作品都体现出来宏大气魄和铮铮风骨。这些，也是自己崇拜和追求的目标与风格，更有相见恨晚之感！在大家眼里，龙志航先生也是德高望重的老前辈，深受大家的尊敬。

在这次交流后，我有个给龙志航先生办个人书法展馆想法，便征询他的意见：为了让更多的人欣赏到中华书法艺术，办陈列他作品的展览馆。他听后，流露出不大相信的表情：一个刚认识不久的人，没有多少交往，如果不为什么目的，就出资为别人建一个艺术馆？他真的不敢相信有这种事。

但是，过了几天，我接龙志航先生到村里后，让他参观了我村的村容村貌，村里的学校，村委办公楼，村里的黄边公园。我介绍了我在其中做的工作，以及我村情况和我个人想法，我为什么要做这些。我尤其强调，

我就是要为村里打造出一个文化品牌,并要以他的艺术馆为切入口,让村民了解和学习享受传统文化,使我村新一代有一个学习这门艺术的场所。

龙志航先生听了之后,很有感触,马上就对我说:好的,没有问题!一定支持你的书法文化情结!更让我更感动的是,他自愿将几十年来,在全国各地和海外参展的优秀作品献出来,不乏多件珍品!给了我作为艺术馆的永久展览品。他老人家几十年的作品,能有一个专门艺术馆陈列,是他原来不曾想到的,所以也很高兴。并说,他的心愿终于实现了。

我也将龙志航先生的一幅代表作,作为镇馆之宝。

在广州这也第一个此类艺术馆。

一切谈好后,我就和村委协商艺术馆事宜。最后确定,在公园里建一座文化楼,在楼里专门开辟出"龙志航书法艺术展馆"。经过和村里的群众商量,大家也都表示支持:"新时代的农民,就要做个有文化的人!"是啊,多少年来,他们吃尽了没文化的苦头,他们渴望脱离过去的愚昧!

于是,我就自己设计自己施工,个人出资,在2010年8月艺术馆落成。10月28日举办"龙志航书法艺术馆"落成典礼。

龙志航书法艺术馆落成仪式上

龙志航书法艺术馆镇馆之作

我为龙志航的艺术馆举行了隆重开馆仪式,并为他出版了个人书法集,特意做了紫砂壶,准备了茶叶等纪念品。在开幕式上,我们邀请了省、市书法界领导和书法名人。这些有关领导和艺术家的到来,让艺术馆蓬荜生辉。该艺术馆的落成,为我区,特别是我村增加了浓厚的文化氛围,也使我村的文化建设大大前进了一步。更重要的是,凭借这一载体,让传统文化基因在我村深深植根,并将开花结果。

2009年,我由于对文化建设的成绩,得到白云区文联和众多文化界人士的好评,并给予我"文学艺术特别贡献奖"的荣誉。2010年,白云区文联继上一年又给予我"文学艺术特别贡献奖"。除了奖励,更重要的是,我看到了文化传播工作的价值,民众的不可替代的精神需要的使命的意义,自己通过工作实践所得到的有别于金钱的快乐。

通过"龙志航书法艺术馆"这个平台,吸引了远远近近更多书画界名家来参观指导,切磋交流。真应了"有了梧桐树,才引凤凰来"的老话!这些艺术家也展示出高风亮节,不提酬劳,不摆架子,不居高自傲,诚心诚意帮助我,指点我,使我在这条道路上稳步向前。同时,也使古老的中华书法艺术在我的家乡,白云区一隅——黄边村,得到传承,改变了农民对书法陌生、无知的状态,从根本上,"润物细无声"般地提高了乡亲们的素质。

2011年,白云区文联对我在文艺界的这一贡献再次予以表彰,并给予"特别贡献奖",对我是莫大的支持和鼓励。

2012年一季度,区文联届满改选,原文联主席沈平先生离任,新任主席是著名书法家张晓虎先生。张主席到任后,马上和文联副主席赵节初等领导一起,探讨怎样把白云区文化人士组织起来,打造白云区为文化强区。商议的结果是,结合当时白云区没有某些专业协会的现实,决定以成立白云区各类文化协会为突破口,没有的要补齐。

赵副主席向张主席提议,要成立白云书法协会,一定要发挥八叔(由于我在家排行第八,别人对我的称谓)龙集洪先生。这些年来,通过一些书法家,赵副主席和我来往颇多,互有了解。他知道我对乡土书画家给予了大力资助。

张主席在赵副主席的引荐下,到了我的"龙志航书法艺术馆"。看到艺术馆后,张主席对我至于书法的感情信心倍增。

过了一段时间,大约是五月初,张主席和我交谈,准备以龙志航艺术馆及周边活动场地为基地,成立"白云区书法协会"这一机构,并打算把协会办公场所设在那里,办公设备由我解决,征求我的意见。我丝毫没有犹豫,认为是于公于私,这都是件大好事,马上答应了下来。

定下来之后,我们就马上行动,着手筹备成立书法协会各项事宜。大家协力同心,提出各种建议,网罗此类人才,忙得不亦乐乎。可谓"众人拾柴火焰高",在大家努力下,人员很快达到了成立协会的标准。

2012年12月28日,是一个不平凡的日子,"广州市白云区书法家协会",在"龙志航书法艺术馆"正式诞生。

就在区书法协会成立当天,举办了规模堪称盛大的协会成立仪式,同时成功举办了新会员书法展。

上述活动所有经费,全部由我个人出资。

自从白云区书法协会成立后,书法界同行们对我的作为也十分抬爱,推举我做了书法家协会副主席。我知道这是对我的激励,我需要学习的很多很多……但是,不可否认的是,这对我要实现的"书法家梦",是一个极好的平台:书法协会里许多人都是科班出身的专才,功底深厚,多有建树,硕果累累,并且颇具慧眼。这些人的到来,协会一片生机。我也深受其益,个人书法水平迅速提高。这些书法家、画家都属于德艺双馨的人才,经常组织会员学习、交流、点评。通过这一系列活动,我对书法艺术的认识提高,确确实实是一个新的里程碑。

令我难忘的是,2013年7月份,白云书法协会举办书法讲座。程磊、胡凌、庞科成几个副主席对会员作品逐一点评,目的是使提出作品的会员,认识到自己的现有水平,以及应该努力的方向。这是很有意义的工作,对初入书法一行的人来讲,真是"久旱逢甘霖",求之不得。

就我个人来说,原来是农民企业家,只能欣赏书法的美妙,不知道怎么能练出一手好字!几年来,我的书法启蒙老师侯锦祥给了我入门指教,

学到了基本的招数。毕竟书法是"功夫"产物，没有捷径可走。所以我的参展作品，被指出许多必须提高的方面，并鼓励我，要努力，要提高，不要放弃。尤其是中央美术学院，具有硕士学历的胡凌副主席对我说："八叔，如果你信我的，暂时不急于写出作品，只要做一件事！"我当时就说："当然信你！你是科班出身的，能写能画能篆刻，又有教学经验。"他就说："方法很简单。就是要静下心来，专练扎实的基本功。"我说："怎么练？"他说："横平竖直地画线条！"我虽然不怎么理解，但是相信他说的一定正确。

从胡老师说的那天起，我就开始专心画线条。外行看来这好像很简单，其实不然。开始时，拿得了锄头、瓦刀的手，画起线条就是不听使唤，线条怎么都画不直，一条条像不伸直的蚯蚓，很难看。这时候，我提醒自己，不能急躁，一定照胡老师说的做。几天练下来，画得稍微有点样了，手上有了点感觉，心里有了些体会，练得更卖力气了。

胡老师当时经我介绍，在村内租房住。有一天他晚上十点多了回家，看我的炼字房有灯光，就上楼。他看到我还是小学生一样，认真按他的执教方法在画横画竖，就被我的定力和毅力感动，说："明晚我来陪你一起练！"

果然，从2013年的10月那天晚上，胡老师差不多经常来陪练。我慢慢才领悟到，简单地画横竖，是书法最重要的基本功，只有能画得横平竖直，并随心所欲，才能控笔自如，打下书法的基础。

一天，两天……一个月，两个月……半年过去了……

半年多以后，我的横平竖直过关了，临摹字帖很快入门……我的书法水平可以说有了质变的提高。

无论学什么，都有它的章法，规律。

白云区书法家协会的成立，使我站在了一个艺术追求的新的、更高的平台。起初，我对书法的热爱是一种对传统文化的敬仰，可以说是一种朴素的感情。因为在我的家乡，从来没有人专攻书法，搞书法艺术展览更是新鲜事。没想到，展览吸引了同行不说，乡亲们反应也十分强烈。渐渐的，有不少家长送自己的小孩来学习。我们的会员都是不索取报酬地为村民服务。我认为自己是最大的得益者,研习书法的过程,就是享受传统艺术熏陶的过程。

书法协会和各次展览给区书法家、画家及其爱好者的相互交流提供了方便,从而提高了交流的层次和质量,对传统文化的传播起来很大作用。与此同时,也发现了乡土艺术家的种种需要。

以前,只耳闻白云区有一位本土画家徐满城先生,早在1958年就参加过全国农民画展,几十年来,边务农边创作,参与过"锦绣珠江"的创作,颇有成就。但是,苦于经费问题,还没有举办过像样的画展和出版作品,真是"养在深闺人未识"!我和他商量,要给他办画展,出画集,他很高兴。

很快,徐满城先生的画展正式举办。在开幕式上,可以说嘉宾如云:广东省美术家协会、广州市文联、广州市美术家协会、广州市书法家协会、广州市山水画院、白云区美术家协会、白云区书法协会、白云区及嘉禾街领导,各兄弟村,等人士都到会,以示关心指导,场面十分热闹。

在徐满城画展开幕式上

莅临的有关领导包括市文联主席乔平、市人大外经委主任李良州、区委常委宣传部长方武祥、区政协主席庞文洪、区文联主席张晓虎、市山水画院院长卢德平、市书协副主席和区美协主席李晓白、区书协主席赵节初、嘉禾街党委书记、粤剧名演员卢海潮等，加上众多书画爱好者，共有几百人与会。

市文联主席致辞，区常委、宣传部长讲话。他们对这次书画展给予了高度的评价，认为是促进社会主义文明农村建设的具体行动。市书协副主席和区美协主席代表书画家致贺词，鼓励我们再接再厉、前程似锦。本次书画展的主角徐满城先生作了答谢发言，对能有这样的机会十分高兴。

展览会的热烈气氛远远超出预想，人们对此次展览会，给予了高度赞赏与评价：这次活动为我区发展文化事业开了个好头，支持更多地举办！

另外，多年来，我还资助白云区许多画家，书法家，举办作品展览，出版作品集，让农民艺术家的风采展示在更大的舞台。

在胡凌老师的精心指导下，我不松懈地刻苦练习，有时睡觉的时候，也伸手比比画画。功夫不负有心人，我的书法不断有进步。这个阶段，书协活动频繁，研习讲座、作品评点是家常便饭。2014年五一节白云区书协举行了主席团成员的会议，程磊、庞科成、胡凌、刘广文等都出席了。会议期间，对协会会员的作品又进行了评点，也有意识地考证一下，协会工作成果。这些科班出身的书法家们，无偿地支持协会工作，的确是新学员、书法初学者的福音。

在此次点评过程中，他们发现我的字进步相当大，都很惊讶。才一年多的时间，就能写出骨风，并有自己的格调，不像是初学的人的作品。大家鼓励我，举办一次个人书法展览吧！我原来也有过这样的念头，但是不敢当真。大家的话让我有了一点信心，但是还深知，自己毕竟是学习为主的时期，举办个人独立展览，不是时候。

我因此提议，我们还是举办一个白云区本土书画家的联展好。老师们看我能拿出手的作品，选几幅放在后面让大家提意见吧！

大家一致通过后，我就找到这些年，陆续结识的乡土画家和书法家以及爱好者，请他们把自己的作品精选几篇，参加展览。他们都很支持，也很高兴，对这样的机会也感到可贵。我们讨论的过程中，我还想不拿出作品，只是完成他们的展览就好。但是，他们不同意，他们是画家，就拿绘画作品，八叔字也不错了，是个书法家了，就拿书法作品。我说，不行，我还是学生！他们说，只有画作单调，还是有书法调节活跃，什么家不家的，学无止境！提意见的人越多，进步越快！

于是，决定黎焕池展出山水画、冯敬时展出山水荔枝画、刘瑞祥展出花鸟画、曾绍尔展出山水、花鸟、鱼画和我展出书法作品。五个人每个人的作品内容不同、画风不同，加上书法作品，特色鲜明。展览会根据我们人数，最后正式定名"白云情怀书画艺术展"。

经过几个月的筹备，像历次展会一样，场地布置、装裱作品、邀请嘉宾、请柬印发……每个细节都要照顾到。终于，在十二月初，书画艺术展揭幕。

这又是一次书画艺术盛会。市、区文联领导、书画界名流、导师、朋

友以及黄边村民数百人出席开幕式、参观展览。市文联主席乔平、市书协副主席张凯、区文联主席张晓虎、区宣传部长方武祥、市美协副主席兼区美协主席李晓白、区书协主席赵节初、第一届区书协和美协会员、花都区书协主席黄国强和主席团成员、南沙文联主席黄建生，还有更多书画爱好者。规模和影响远大于上次画展，这离不开上述领导的热心支持和关怀、广大书画家的支持帮助。

龙志航前辈也如邀前来指导。他在观看展览的时候，见到我展出的作品，感到不可相信。一年之前，我可是完完全全的书法门外汉，今天的字……？他疑惑地问我："这可是由那位老师代笔？"我说："前辈，是我自己写的。"他说："真的？是你亲笔所书？"我说："不敢在前辈面前有假。"他高兴地说："奇迹！这是个奇迹！打破了书法界的成规！短短一年时间，能有这样的成就，不可思议！乍看，以为你假人之手，几乎要责罚你。看来，你真有书法悟性！"我说："我决不会做沽名钓誉的事，前辈放心。我写得还可以的话，也是胡凌老师、其他老师指点，我自己下功夫的结果，主要应该感谢帮助我的人。"

这次展览，对白云区书协是个崭新的起点，更广发地宣传了传统文化，也打破了人们对书画的神秘感；更重要的是，我有了莫大的自信。原来，我只是爱好，没敢设想真的成功。现在，全国著名书法大师的评价，让我有志向更高峰攀登！

看到书法这样受欢迎，有不少家长让孩子来书协，请老师教授书法。我想，这毕竟圈子太小，义务帮教，没有大作用，不少孩子学不到。我就想到，如果把传统书法文化书法搬进课堂怎样？

我找到黄边小学唐校长，说了这个打算。她非常赞同，传统文化进校园，即在儿童少年时期，就给他们深深打上中华传统文化的烙印，又可以活跃课堂，不至于枯燥。

我们双方达成了一致意见。学校把一个教室用作书法课堂，我出资提供教材，并请中国书法家协会会员、中央美术学院本科、硕士毕业生、书画家、篆刻家胡凌老师义务授课。他的教法和品德，这里就不说了。我想，给孩子，就给最好的。

2015年，春节之后，我在书协年会后建议，为区书协主席团成员庞科成、程磊和胡凌举办书画展，他们对书协做得太多，从来不计较个人得失。经过大家商议，定名"白云风度-三人书法展"。

年初，"白云风度-三人书法展"书法展举办成功。这次规格更高，省、市、区三级书协、美协领导、艺术家，群英荟萃，明星交辉。参观后，这些艺术大家对此次展览的水平予以极高的评价。市美协副主席周国成老师说："藏龙卧虎！在白云区，竟有如此高造诣的书法家，诚属难得！"

展会结束后，有人要买参展作品，一幅一百元。我想，艺术家的劳动，必须得到尊重。我对参展的同仁说："你们的劳动，值得推崇。不用卖给别人，我每人一万元，作品全收！"这也是我对艺术的诚意昭示。

人生，永远在学习的路上。在创作过程中，有的老师深刻地指出：八叔，你现在还必须多临摹名家字帖，只有这样，才能够避免"眼高手低"，才能有新的突破。所以从那个时候起，临摹大家名帖又成了我的习惯。

我总有一种感觉，还应该做点什么。这就是，对于我的书法启蒙老师侯锦祥，应该给他办个展览。我把这个意思在主席团说了，大家认为，这是个好事，但是太显单调，多几个人的作品，更丰满，更有感召力。

我找侯老师商量，决定联合邓树垣、蔡漩声和叶桂彰，办个四人作品展。因为他们都是广州人氏，展览定名为"珠水情深"书法艺术展览。一番准备就绪，先给他们出了作品集，又筹备、举办了展览会。一批省、市、区文联、书协、美协和工商联领导到会，书画爱好者光临，再次成功宣传了传统文化。

时光如流水，一去不复返。转瞬间，2016年新春佳节到了。

每逢春节前，我就想到小时候，学校的老师、村里有文化的老伯，在祠堂前为村民书写春联，有的人到集市去买。这说明虽然经过破四旧的年代，人们对传统保留的挚爱之心不变。2013年春节前，我感到现在自己能写字了，还有很多人是书法家，应该为村民作点实际的——写"福"字、送春联来了。

送春联活动，真正一举两得，在宣传传统文化的同时，也更锻炼了书法技艺，提高了水平。

  从2013年春节起，我都在黄边小学、书法协会、村子活动室，摆上长条桌，邀请书法家，书法爱好者，给他们提供笔墨纸张，为村民书写春联、福字，有时候，村民排长队，高高兴兴地拿着喜欢的春联回家。看到这些，我有种兴奋。

  后来，一些知名画家也参与了这一活动。艺术家们的春节，因此而更丰富多彩，意义非凡。

  2016年的春节，经过和鹤龙街及社区沟通，我把送春联的活动扩大到了街属的几条村，让传统文化的精神传播更广泛。

  整个2016年，协会工作紧锣密鼓，活动频繁。春节后，举行区书法家协会一年一度的年会。就是在这次会议上，当时的副主席庞科成建议我，出一本书法集，展示一下几年的学习成果，激励今后发展。我说，好的。他继而帮我确定书写题材——国家提倡的传统文化——论语。他从论语中选出经典文章，他又附以注释。我就开始创作。

  4月末，我们协会召开书法教育研讨会。五月末，书协拟制定中小学书法通用教程。六月初，举办传承经典、对话古人，书法临帖辅导交流会，7月中旬，书协书法教育公益活动进鹤龙街黄边社区。8月末，白云区第二届书法临帖展在文瀛艺术高地隆重展出。九月中旬，区书协换届工作大会举行。

  在这几年里，在各位名家和自己的努力下，我个人这些年参加书法赛展方面，也大有斩获。除了参展，受到好评并有获奖。

  我的处女作《集洪书论语》，在庞科成、胡凌、摄影师李枫、李程光、梁芝明、何梅以及蒋树宽教授的协助下，九月份在新华出版社正式出版。

  我要感谢所有帮助我，支持我的所有领导、前辈、老师、亲朋好友！

  这几年里，我同样做了很多公益事业，除了帮助学校建设，还在国内遇有灾难的时候，慷慨解囊，尽绵薄之力。

  总之，回顾流逝的岁月，感悟到自己的成长，和祖国的日益强大、社会飞速的发展进步密不可分，自己反馈社会也是理所应当。在今后的人生之旅，还要继续不忘初心，对社会做更多的好事。

  新的征程，刚刚开始！

附录

龙集洪

首届粤中龙氏宗亲联谊会会长

广州市龙志航书法艺术馆馆长

广州市工商联书画院第一届监事长

广州市白云区第七、八、九届政协委员

广州市白云区书法家协会副主席

广州市文艺志愿者协会委员

广州市嘉龙物业管理有限公司总经理

尚德堂堂主,广州市白云区黄边村人,生于1963年2月

2006年,荣誉证书,"情系桑梓,热心助学"为我校捐赠业务用车一辆,价值十万元,谨致谢忱!(广州市白云区嘉禾中学,2006年7月1日)

2006年,荣誉证书,为黄边小学捐赠业务车一辆,价值十万元,特此谢忱!(广州市白云区嘉禾小学,2006年7月1日)

2007年,捐赠证书,龙集洪:弘扬中华民族传统美德,乐善好施,热心捐赠五十一万元,为建设富裕和谐白云出把力做出了积极贡献。特颁此证。(政协白云区委员会。2007年11月)

2008年，抗冰、抗震救灾先进个人：龙集洪，广州市嘉龙物业管理有限公司总经理（广州市白云区工商业联合会、广州市白云区总商会，2008年12月17日）

2009年，白云区文学艺术联合会春茗座谈会表彰龙集洪等人文学艺术创作贡献奖。（白云区文学艺术联合会，2009年1月）

2009年，证书，龙集洪同志：您获得广州市白云区2008年杜"文学艺术创作贡献奖"。特颁此状，以资鼓励。（白云区文学艺术联合会。2009年1月）

2009年，聘书，兹聘请龙集洪同志为白云区公安分局嘉禾派出所警务廉政监督员，特发此证。（2009年1月10日，广州市白云区公安局）

2009年，证书，经嘉禾街商会第二届会员大会选举，您当选为第二届理事会会长。特发此证。（广州市白云区嘉禾街商会。2009年12月18日）

2010年，白云区文艺界新春茶话会文艺创作特别贡献奖。（白云区文学艺术界联合会，2010年2月）

2011年度热心支持白云区公益事业贡献单位（中共广州市白云区委、广州市白云区人民政府。2011年12月）

感谢您对公安工作的关心和支持（广州市公安局白云区分局赠）

2011年，白云区文艺界获奖者获奖词，龙集洪：区文联艺术顾问，热心为区文联开展艺术活动出谋划策，积极参加文联采风创作活动，出资建成了龙志航书法艺术馆，开创了广州地区由政府指导、私人出资兴建民间文化艺术馆的先河。（白云区文学艺术联合会，2011年1月）

2013年，奖状，龙集洪在2013年读第十九届广州园林博览会"园林杯"书法作品展中，荣获优秀奖。特发此桩，以资鼓励。（第十九届广州园林博览会组委会、白云区文学艺术联合会。2013年3月1日）

2013年政协组织认捐，广州市嘉龙物业有限公司总经理龙集洪认捐人民币五十万元整。（政协广州市白云区第九届委员会，2013年6月）

2014年3月，《关于加大扶持我去祠堂排放文化开发力度的提议》提案，获白云区政协九届三次会议优秀提案奖。（中国人民政治协商会议广州市白云区委员会，2014年3月）

2014年，荣誉证书，龙集洪：现授予您一星级广州市优秀文艺志愿者称号，特颁此正，以资鼓励！（广州市文学艺术联合会。2014年3月3日）

2015年，荣誉证书，龙集洪先生：现授予您广州市优秀文艺志愿者称号，特颁此正，以资鼓励！（广州市文联"一家亲"文艺志愿服务团，2015年3月26日）

2016年，证书，龙集洪先生，您当选为广州市工商联书画院监事会监事长。特发此证。（广州市工商联书画院。2016年5月5日）

2016年，聘书，兹聘任龙集洪同志为广州市白云区摄影就协会顾问，任期为2017年至2020年。（广州市白云区摄影家协会，2016年12月）

第二篇

(一) 讲话、报告、诗文

一、推动创新能力为根本、企业转型为核心,整合物流为指标,建设现代化新城区

区委、区政府、区政协各位领导,同志们,朋友们:

在这春光大好的日子里,北京两会给我们指明了"十二五"的光明之路,为民族振兴吹响了嘹亮的号角。作为区政协委员,我深受鼓舞,倍受启迪。近几天,我反复思考一个问题,那就是:白云区如何大力提升经济实力,做时代潮流的驾驭者,为广州两会精神做出贡献?

我认为,鉴于我区现有的企业实力,只有在政府的强力推动下,企业切实提高自主创新能力,变挂牌生产为品牌生产,提高企业核心竞争能力,一次转型到位,整合嘉禾、太和、人和等物流市场,才能使我区经济持续稳定发展。政府的推动、扶植,将是这种变化的关键。这也是政府转换服务职能的最好体现。由于时间关系,我今天主要谈一下提高企业自主创新能力,促进企业转型与配合空港建设的物流整合的问题。

我认为,政府应该从以下几个方面,增强我区的自主创新能力,以达

到企业转型，变空港为海陆空港，进而提升我区经济竞争实力：

1. 政府要加大对科学方面的投入。我区高科技领域的产业很弱小，特别是生物、新能源等高科技领域。但是，在企业转型换代、沿海经济形式必须升级的今天，不及早扶植现有的此类企业，开发未有的此类企业，总有一天，企业发展将尽失优势，陷于停滞或倒闭。很明显，目前珠江三角洲的劳动密集型企业的吸引力，已经大大削弱。培植新的增长点，刻不容缓。

2. 政府应大力扶持一批拥有自主知识产权、自主创新能力、全球知名品牌的重点企业。我区的化妆品行业、制衣业、制鞋业、箱包业等，产值可谓不少，也在国内小有名气。但是，在国内外首屈一指的品牌，还属罕见。品牌的培植，企业固然重要，政府的引导绝不可少。政府处于宏观指导的位置，没有政府的指引和支持，企业会迷失方向。

3. 我想，区政府采购时，要首先考虑采购我区的产品，尤其是拥有民族自主知识产权的产品，这可以说是最好的扶植、最大的支持。

4. 我区要建立鼓励知识产权的申报和奖励制度。加强对知识产权保护。对于我区的拥有知识产权的产品，政府应当加以宣传，使之得到发扬光大。对区外知识产权产品，使之不被侵犯，会使更多的技术密集型产品流入，促进低消耗、高产出的实现。

5. 大力改善区内科技人员的待遇，用高薪吸引优秀人才。品牌也好，创新能力也好，归根到底，是人才问题。我区应该首先制定高层次的研发定位，城市规划定位，据此制定相应的人才战略，增加发展后劲。

6. 对自主创新企业给予土地使用权、用工、税收等优惠政策。自主创新企业，在初生阶段，困难重重，没有政府强有力的支持，很难度过困难期。

7. 进一步完善以企业为主体、产学研结合的创新体系。充分利用我区高校、科研机构；甚至走出去，请进知名的科研人员，为我区的经济发展，企业转型，出谋划策，设计品牌，开发和采用世界最新新技术成果。

8. 区政府也可以设立专项科研开发资金，投入资金进行科技创新。建立高科技创业资金，为高新技术企业提供宽裕的发展环境。加速科技成果转化，实现资金变为技术、技术变为资金、资金变为更高层次技术的良性循环。

9．大力培养我区少年的创造力。有句话，少年强则中国强，少年富则中国富。现在，整个广州只有市一级的少年宫，而少年宫的科学内涵少之又少，多数停留在文艺培训方面。我区是否可以开这方面的先河，建立自然科学技术方面的少年文化宫？

10．我区有白云空港之地利，又有嘉禾、太和、人和等众多物流市场，物流公司现在多是规模不大、各自为政，政府能否牵头，促其关联整合，使之与空港携手，甚至连结海运，实现海陆空一体化，打造集约化、高技术含量，大规模的世界一流物流体系？

上述种种，都是我的个人见解，可能多有不当之处，恳请各位领导指正。

谢谢大家。

会舞狮子的靓仔

二、2009年嘉禾商会换届工作总结

首先,让我代表新一届商会班子,向上一届班子表示感谢!

两年来,上一届嘉禾商会在白云区政协、工商联会的正确领导下,在嘉禾街党委政府的领导下,坚持科学发展观,紧紧围绕的嘉禾街党委政府中心工作,以服务嘉禾经济、加强商会会员企业和个体户之间的合作交流、促进共同发展为目标,广泛团结各界朋友,求真务实,积极工作,为政府和企业穿针引线,较好地发挥了纽带和桥梁作用,为会员单位提供好各方面的服务,增强了嘉禾街商会的组织凝聚力,体现出政的亲和力,为嘉禾街经济建设和社会发展做出了贡献。

一、发挥桥梁纽带作用,引导商会会员参政议政

参政议政是商会在新时期的一项重要工作职能,是商会当好政府助手、联系非公有制经济桥梁纽带作用的具体体现。今年来,为做好这项工作,上一届嘉禾街商会积极组织引导街道商会的人民代表、政协委员加强团结和学习,为党和政府建言献策;组织商会会员紧紧围绕嘉禾街经济建

设这个中心，加强黄边、联边、鹤边等工业集中区建设，积极参与到嘉禾街的各项经济工作中，当好了政府的助手、不愧为联系民营经济桥梁和纽带。

二、把握商会性质，加强服务意识

商会是一个大家庭，会员都是兄弟姐妹，是一家人。上一届商会把服务作为全部工作的出发点和落脚点，把服务体现在商会会员身上，关心他们的进步，支持他们的发展，促进他们的交流，深化他们的合作，营造商会互信、互利、平等、协作的良好氛围。嘉禾街商会积极参与到企业与政府、企业之间交流合作进行深入的研究，对企业发展中存在的问题，进行全面而细致的分析，在工商、劳动、统计等方面就企业关心的政策进行辅导、培训。目的是规避国际金融风暴的影响，更好地把握经济发展规律，促进嘉禾经济繁荣，从而强化商会的服务作用。

三、弘扬互助精神，扩大商会影响。

嘉禾街上一届商会经常引导会员企业弘扬互助精神，投身光彩事业，支持慈善事业，关注弱势群体，回报社会。去年，"5.12"四川汶川特大地震灾害期间，嘉禾街商会会员企业和会员，多次带头积极捐款，据不完全统计，汶川大地震慈善捐助累计金额达10万多元，以实际行动展示了嘉禾街商会会员"一方有难、八方支援"的精神风貌。有力调动了商会会员热爱商会组织和争做爱国、敬业、诚信、守法、贡献的中国特色社会主义事业建设者的积极性。商会会员企业以积极的态度关心职工的利益，带头为企业职工签订了养老保险、医疗保险和劳动合同。

四、存在的主要问题和困难。

嘉禾街商会的工作虽然取得了可喜的成绩，但也存在许多不足。在组织建设方面，商会建设的步子还不大，商会活动经费、办公场所交通条件急需改善和落实；在为会员服务方面、服务内容有待拓展，服务水平有待提高，这些都需要在今后的工作中加以改进。

这里，让我再一次对商界商会班子表示感谢！

谢谢大家！

会舞狮子的靓仔

三、2010年度嘉禾街工商业联合会工作总结

尊敬的街党工委书记、伍伟强主任、各位领导、各位同仁：

你们好！

嘉禾街商会在区工商联和嘉禾街党工委的领导和协助下，于2009年12月18日换届，选举出新一批领导班子。在2010年，嘉禾街商会积极参加区政府、区工商联开展的商务交流、社会考察调查、工商专业知识讲座等有关活动，坚持工商联宗旨，强化服务意识，努力当好政府管理非公有制经济的助手，为推动我街非公有制经济的健康发展，为实现"建设和谐社会"的宏伟目标，做出了一定的努力，现将嘉禾街商会2010年度工作情况总结如下：

一、嘉禾街商会会址

会长龙集洪先生积极改善商会办公环境，提供嘉禾街黄边北路105号五楼作为嘉禾街商会办公室，面积400多平方米，内设文娱活动室、会客室，环境优雅、交通便利，打造一个工作和休闲娱乐相结合的活动场所，也为会员企业提供一个促进相互交流和沟通的重要平台。

二、嘉禾街商会的活动情况

嘉禾街商会为街道的经济发展工作和扶贫济困工作提供有力的支持。会长龙集洪先生代表嘉禾街商会参加2010年度白云区劳动关系和谐企业评选活动和白云区城中村建设研讨会。12月14日，会长龙集洪先生和秘书长刘福明先生参加了白云区工商联举办的基层工商联（商会）业务培训班，听取省工商联副主席李阳春讲授工商联工作理论知识，了解商会运作中存在的困难，听取其他商会的工作交流，吸取先进办会的理念。

三、扎实开展扶贫济困活动，为和谐社会做贡献

龙集洪先生号召商会出资5万元到梅州大埔县扶贫，并组织政协委员、协会会员对嘉禾街贫困户进行慰问。嘉禾街商会在玉树地震捐款活动中捐款1万元，也有不少会员单位积极响应，纷纷解囊，踊跃捐款。这些都充分体现了企业家们回报社会，建设家乡的高尚品格。

四、关于商会社团登记的工作

嘉禾商会按照区委、区政府《关于进一步加强街镇商会组织建设的意见》和《社会团体登记管理条例》，现以全称"广州市白云区嘉禾街工商业联合会"到民政局进行有关登记。认真搞好自身建设，促进商会工作走向正常、化规范化、制度化，嘉禾街商会接受业务主管单位（区工商联）和白云区民政局社团登记管理机关的监督管理。

五、新一年的努力方向

1、结合工作实际，强化商会职能，做好服务会员的工作。通过组织学习、走访、电话联系等方式了解会员的工作情况，为会员提供有力的支持和帮助。2、广泛征求意见和建议的基础上，拟定了学习、广交朋友、信息上报、民主决策等制度。3、针对增强会员企业间的凝聚力，经常举办联谊会、茶话会等有益活动，拉近会员与会员之间的关系。4、加强商会与政府之间的相互交流，共同发展新平台，进而促进非公经济的健康协调发展。

总结一年来的工作，仍存在一些不足之处，商会工作还没形成系统完

善的工作体制，受职能限制，为会员单位服务工作尚缺乏力度，有些问题还需实践中进一步加强，争取在今后的工作中克服不足，再接再厉，使商会工作取得较好的成绩。我们真诚希望上级领导和各会员单位对商会工作提出意见、建议和批评。

谢谢大家！

广州市白云区嘉禾街工商业联合会
2011年1月13日

四、祝酒辞

区政府、政协领导，街道领导，商会同仁，女士们、先生们，朋友们：

晚上（中午）好！

嘉禾商会新一届领导班子今天诞生了。今此刻，我们有机会同各界朋友欢聚一堂，感到十分高兴。我谨代表嘉禾街商会全体成员，对各位领导与朋友光临我们的招待会，表示热烈欢迎！

"嘉禾商会"这一次换届工作顺利完成，是区政府、政协、街道正确领导的结果，是我们各位同仁共同努力的结果，是所有关心我们的村、社领导和群众支持的结果。这里，对长期关注我们商会事业的领导与群众，表示由衷的谢意！

在我的任职演说中，提到了八点商会的任务，需要在座诸位的监督和指导，帮助和协作。有你们做后盾，我坚信，嘉禾商会的目标一定会实现，嘉禾的未来一定会更美好！

最后，请大家举杯，

为嘉禾商会换届的圆满成功,
为嘉禾企业的茁壮成长,
为嘉禾美好的明天
为朋友们的健康,
干杯!
谢谢大家!

五、誓要石马桃花天下闻,打造白云文化大品牌

各位领导,各位代表,大家好!

区政府起草的白云区国民经济和社会发展第十三个五年规划草案(征求意见稿),体现了落实党中央精神的决心,切合实际,鼓舞人心。我由此深受启发,感受到各级党组织和政府对文化事业的关心。

作为土生土长在白云大地的政协委员,身负组织的期望,人民的委托,更要殚精竭虑,为区文化事业出谋划策,尽己之责。我们白云区有得天独厚的地理与人文优势,如果大力扶植,开发利用,前景相当可观,并且投资少收益大。这里,仅以均禾石马桃花为例。石马桃花一度是羊城著名景观,又曾出现过以知名作家陈残云为代表的一批中外文化名人。

只要我们区政府加以发掘,把当地历史与现代的名人轶事,广为搜集,以文字图画或现代影视形式加以陈列展示,就会形成独具地方特色的文化盛宴!更值得标榜的是,石马的桃花名扬一方,如果大手笔规划,对

品种花色予以精心布局，就会打造出万顷姹紫嫣红的桃花大海！花海与人文结合，其诱人之处将不亚于其他名胜景点。娱乐于景，寓教于乐，并传播乡土文化正能量，将极大提高人们的素质。

我相信这些一定会为白云区十三五建设添砖加瓦，做出贡献！不当之处请指正。谢谢大家！

2016.3

六、在画展开幕式讲话

各位领导，各位书画界同仁，乡亲们，朋友们！

欢迎大家光临此次书画展！是诸位的到来，使展览光彩倍增，盛况喜人，是诸位的到来，使冬季春风和煦，气氛热烈。在此，我由衷感谢大家对民族传统文化的支持和弘扬。

我们能有今天的成绩，是因为时代的造就，领导的帮助，生活的感召，群众的需要。借此机会我再一次表达对社会，对各级领导，对各位书画同仁的感激之情！并给大家深深地一鞠躬！

今后的生活之路漫长，艺术之路遥远，但我坚信，只要秉承一颗对民族文化的虔诚之心，根植于生活之中，民众之中，不断学习，专研技艺，我们的书画协会一定越办越好，不辜负领导和乡亲的期望。

最后，我也诚恳希望，大家对我们的工作提出批评指导！

谢谢大家！

七、在"白云情怀书画艺术展"开幕式的讲话

各位书画艺术家,各位书画艺术爱好者,各位与会者,大家好!

今天是一个平常的日子,今天却是一个不平凡的日子。平常,是说这是日月轮转的每天中的普通一日,不平凡,是说这是我们白云区五位书画家作品面世的值得纪念的一日!

黄边龙集洪先生,经商之余,酷爱书画艺术,几乎是从零开始,勤奋墨耕,成绩斐然,已经能在市级展览绽放光彩,诚当致贺!更值得一提的是,集洪能以弘扬民族文化为己任,只讲奉献,不图报酬,精神可嘉!

石马黎焕池,竹料冯敬时,刘瑞祥,龙岗曾绍尔,四位为我区值得骄傲的乡土画家!他们生于白云山下,长于珠江岸边,爱乡恋土,泼笔墨,写丹青,激情四射,讴歌祖国山水,寄爱花鸟草木,赤子情怀,可钦可敬!

今天展出的五位书画家的作品,各有千秋,风格相异,都以深厚的生活实践为基础,对我区进行民族文化教育之普及,功不可没。当然,我们也应清醒地认识到，中华文化，民族艺术，书法绘画等等，无不是博大精深，绝无止境。我区广大专业和业余艺术工作者，都要深入学习习总书记在文学艺术工作会议上的讲话精神，不懈努力，让我区的文化艺术工作更上一层楼！

白云区黄边书法艺术协会副会长让我给这个展览命名，我几经思考，为壮我区文化艺术声威，我提议叫"白云五人杰书画展"，不知各位与会者是否赞同？

最后，祝展览会圆满，完满，美满！

2014年11月

会舞狮子的靓仔

八、建设一个现代化的和谐的幸福的活力的环境优美的生活便利的为民众喜爱的新黄边

——广州市白云区黄边村"城中村改造"实施纲要

（讨论稿）

一、实施宗旨

城中村改造的成败与改造水平，是关乎广州能否真正步入国际化大都市的关键，是实现幸福广东的重要标志，是地方经济发展和人民精神风貌进步的体现，也是广大村民的迫切希望。因此，实施"城中村改造"，是当前村党组织和行政领导的首要任务。改革开放已经三十多年，广东社会与经济已经从粗放式发展步入集约化发展的阶段，原来的农村村民已经转变为城市居民，即有的管理方式不再适应变化了的新形式。社会管理成为建设和谐社会和经济继续稳定发展的突破口，城中村改造成为了一代人的

历史使命。在上级党委和政府的领导与教育下，我村党组织和村委会，认识到了这一点，并认真调查研究、科学编制规划、严密组织领导、制定实施纲要、坚决贯彻落实，为建设一个现代化的和谐的幸福的活力的环境优美的生活便利的为民众喜爱的新黄边协力同心，不遗余力，争取胜利！

二、实施主体

实施主体，也可以理解为组织领导城中村改造的机构。初步构想是，以黄边村经济联社（以下简称"联社"为主导，联社与合作企业成立"联合公司"，以联合公司为主体实施"黄边城中村改造实施纲要"。强调主体作用，重在强调协调作用，合作性质，商业机制，避免纯领导机构的官场意识。

在城中村改造的过程中，要面临各种复杂的利益冲突、认识程度、政策限制和技术等难题。只有以党的领导、行政组织为强大后盾，"联合公司"进行商业运作，深入细致的宣传引导，各级规划部门的坚决支持，才能最终实现城中村改造的宗旨。

为了更好地发挥主体作用，村党领导和行政领导，要在联合公司担任主要党政负责人，即党的书记、董事长和总经理，合作企业负责人出任副职。

在全部城中村改造过程中，实施主体是决策与监督执行机构，要提出具体实施方案、编制并实施具体计划、筹措实施资金、筹建实施组织，沟通上级领导，接待群众访问，是保证城中村改造顺利实施的关键首脑。

综上所述，实施主体是一个党性原则强、政策水平高、群众意识好、工作效果卓著、紧密团结、善于思考学习的领导团队。

三、实施模式

鉴于城中村改造的复杂和高难度现实，在实施模式选择上，既要有大胆创新和勇于突破的观念，更要有科学谨慎、顾及国家城市规划和民心民意的态度。因此，必须要先有总体规划。具体来讲，城中村改造的效果如何，主要是由利益涉及到的方方面面来评价。其中，最为核心的是世世代代居住在本村的户籍人口的满意程度，其次是在本村生活多年的外来人口的接受程度，最后是本次改造促成的商业利益高低。本纲要第一部分，实

施宗旨的要义是：建设一个现代化的和谐的幸福的活力的环境优美的生活便利的为民众喜爱的新黄边。因此，实施模式首先要满足户籍人口，其次是外来人口，最后是商业利益的要求；还要满足资金需要的要求。

另外，考虑到这将是难度空前的巨大系统工程，必须分步实施有先有后，也有齐头并进。起初，不可能一步到位，要一步一步，稳扎稳打，时机成熟，同时展开。开弓没有回头箭，开始实施就要圆满成功，不允许失败。

所以，实施模式确定为：总体规划，分步实施。

（一）总体规划

总体规划分为："安置板块"和"开发板块""两大块"。

1. 安置板块：包括"生活安置区"和"物业安置区"

这一部分主要照顾现有户籍人口和外来人口的居住、生活、娱乐、交通、医疗、教育、休闲、养老、体育、绿地、商业网点及其所属生产物业置换等各方面，充分考虑到现有生活、生产秩序和品质得到保证。村内居住的外来人口，大多数是租用本地人的房屋，不便于统一管理，影响治安环境，因此考虑安置板块设立专门租赁小区，纳入统一管理。同时，也照顾了外来人口的利益，不影响它们在本地发展。

初步考虑安置小区将采用高层建筑，高标准建设，争取20年不落后。

2. 开发板块：包括"商住房开发区"和"CBD开发区"

在统一规划了生活安置区和物业安置区以后，土地面积将得到有效利用。将利用这些资源进行商住房开发和CBD开发等。

商业住房开发区，将以超前标准设计，做到30年不落后，并考虑到环保技术与材料的应用，以期在激烈的竞争中立于不败之地。

CBD开发区。由于黄边地处广州白云新城板块，有利于开发中央商务区，开发五星级及以上级别宾馆、酒店，吸引世界级大企业总部进驻，成为技术开发创新基地、品牌设计基地、商品流通基地，资金集散地，引领当代产品潮流，形成享誉全球的广州品牌和价格。

为此，黄边CBD开发要起点高、设计新、质量好。立足长远，照顾当前。要选择世界最好的中央商务区模式为借鉴，超过他们，只有如此，才能一炮打响。

（二）分步实施

分步实施是在符合总体规划的前提下，一边开发，一边安置，做到生产生活两不误。

1. 先启动开发板块，分若干期实施，滚动操作

先启动开发板块，是切实可行的措施。安置板块由于涉及方方面面的利益，必须慎之又慎。在开发板块有了进展的时候，群众会看到未来利益，有助于安置板块的启动。同时，也可以积聚开发资金。根据难易程度，分若干期实施，先易后难，滚动操作，在实施过程中积累资金、经验。

2. 开发板块实施过程中，择机展开安置板块的前期铺垫工作。最迟一年后启动安置板块，两板块齐头并进

在城中村改造过程中，生产和生活的关系相辅相成，缺一不可。生产上不去，经济上不去，生活无从谈起，而生产的目的，就是提高人民生活水平，所以，在实施开发板块之后，一年后启动安置板块，是适时的、恰当的。两个板块的时间表和顺序，不能颠倒。

四、费用来源及利润分配

总体来讲，黄边村经济联社以土地出资，不再承担各类资金责任。

（一）前期费用

由合作企业出资。包括：前期摸查费、规划方案设计费等。

（二）安置板块建设费

由合作企业出资。包括：从设计报建到建设施工到验收交付使用全过程的费用。

（三）开发板块建设费

由合作企业出资。包括：从设计报建到建设施工到验收交付使用全过程的费用。

（四）利润分成

开发板块产生的利润由联社和合作企业按比例分成。

会舞狮子的靓仔

九、《珠水情怀》后记

本书之八十余幅书法作品,是我们白云区三位书法家邓树垣,侯锦祥,蔡漩声以及我省我市书法艺术家叶桂彰的大作。

本书的策划与赞助人,白云区书法协会副主席龙集洪先生,经商之余,酷爱书画,以弘扬民族文化为己任,多次组织书画大赛,开办书画展览,资助书画家以各种形式推广创作成果,对村社,街区的优秀文化建设贡献卓著。

本书四位书法家的作品,各有千秋,风格竞秀,都有深厚的生活实践为基础,对我区进行民族文化教育之普及,功不可没。当然,我们也应清醒地认识到,中华文化,民族艺术,书法绘画等等,无不是博大精深,绝无止境。我区广大专业和业余艺术工作者,都要不懈努力,让我区的文化艺术工作更上一层楼!

我们在祝贺四位书法家创作丰收,硕果累累的同时,也由衷感谢为书法这一民族文化经典的发扬,做出无私奉献的龙集洪先生致以谢忱!

编者

十、卢沟今月明（对联两幅）

芦沟今明月
长城昨暗云

财运五湖顺风中
富达四海利民心

十一、黄边村龙氏族谱序

黄边村龙氏族谱序

泱泱大国中华,千家百姓。历数代繁衍,千载传续。至今无不枝繁叶茂,树大根深。回首荒蛮远古,各姓先祖刀耕火种,披荆斩棘,智勇开拓。虽遇山崩地裂而志坚,历尽生死水火而气勇。凭热血豪情,冲霄斗志,终胜天灾人祸,致后世生生不息。方成就今日国运振作,家族兴旺!晚辈当常忆世代前辈功德,后人必永怀感恩情怀。激励自强,于国建功,于族增光,于家兴业!

龙氏家族,荣为中华民族之一员,自古有脉。现已遍布全国,远播海外。普天之下,四海宇内,无不留有龙氏子嗣之芳踪,龙氏英杰之胜迹!

寻根溯源,认祖归宗,国人之乐事,传人之重任。关乎龙氏起源,有黄帝重臣龙行之说,有舜时纳言龙之语,有御龙氏之传,有豢龙氏之言,……众说纷纭。足见龙氏根基宏大,博采众姓氏之长,吸纳各家族之优,故人才辈出,足可笑傲大姓:司马迁史记中曾褒之龙子,零陵太守之龙述，间州太守之龙镯，周易传作者之龙仁夫，戏曲家之龙燮，道光年状元之龙启瑞，御外英烈之龙汝元，近代将领之龙鸣剑与龙云……疆场骁将似虹霓灿烂，文坛才俊如星光璀璨。

祖宗建功立业，成就今日龙氏腾达。国中龙氏崛起，粤地龙氏昌隆。黄边村龙氏一族，源远流长，绵延百代。特道公华龙氏支系族谱，系于粤中龙氏族谱之一脉。粤中龙氏族谱系于中华龙氏族谱之一支。早年曾有族人收藏，每逢重大节日，昭示之以供敬仰与祭奉先人。亦与众多姓氏家谱命运相同，尽毁于文革之中，实属可惜可憾。

幸有尊中华博大文化，崇尚传统道德之龙氏子孙——广州白云区黄边书法协会副主席、广州黄边龙志航书画艺术馆馆长并粤中龙氏族谱主任编委龙集洪先生，运筹帷幄，策划组织，多方奔走，鼎力资助，其殷殷诚意终于得到前辈襄助，寻遗实，集史料，撰文稿，精心整理，细致核对，终于辑成《黄边龙氏族谱》，并成书付梓。可见，兹《黄边龙氏族谱》，实乃粤、桂、湘等地域及全国《龙氏族谱》之补白，利于族人明根之所在，知源之何来。其文化道德力量，必传之后代，将永世相继！

国史为国之明镜，以昭千秋；族谱乃族之光鉴，以示万代。于家族之善举，其大莫过于此焉！

黄边村龙氏族谱编委会

会舞狮子的靓仔

十二、白云情怀书画艺术展序

白云情怀书画艺术展序

这次书画展展出的是我们白云区五位书画家龙集洪，黎焕池，冯敬时，刘瑞祥和曾绍尔的近期作品。

黄边龙集洪先生，经商之余，酷爱书画艺术，几乎是从零开始，勤奋墨耕，成绩斐然，已经能在市级展览绽放光彩，诚当致贺！更值得一提的是，集洪能以弘扬民族文化为己任，只讲奉献，不图报酬，精神可嘉！

石马黎焕池，竹料冯敬时，刘瑞祥，龙岗曾绍尔，四位为我区值得骄傲的乡土画家！他们生于白云山下，长于珠江岸边，爱乡恋土，泼笔墨，写丹青，激情四射，讴歌祖国山水，寄爱花鸟草木，赤子情怀，可钦可敬！

今天展出的五位书画家的作品，各有千秋，风格相异，都以深厚的生活实践为基础，对我区进行民族文化教育之普及，功不可没。当然，我们也应清醒地认识到，中华文化，民族艺术，书法绘画等，无不是博大精深,绝无止境。我区广大专业和业余艺术工作者,都要深入学习习总书记在文学艺术工作会议上的讲话精神,不懈努力,让我区的文化艺术工作更上一层楼!

此次展览幸获白云区文联主席命名"白云五人杰书画艺术展",我们相信,这一定是我区书画界的一次盛举。

预祝展览会圆满、完满、美满!诚祝我区书画家再接再厉,勇创佳绩!

白云区文联主席
2014年11月

十三、七律一首

有感"白云情怀书画艺术展"赋诗七律一首

华夏史记五千载,
民族文化万重天。
多灾多难多风雨,
愈折愈磨愈志坚。
炎黄子孙写汉字,
中华儿女敬祖先。
立世自当德为本,
强国理应代代传!

2014年11月

十四、黄边颂

龙氏黄边颂
雄哉龙氏族
伟哉黄边村
东枕巍巍白云群峰
南迁滚滚珠江碧水
历经百代风雨
曾阅千载雷电
傲立羊城大地
勤耕粤疆沃土
忽如一夜春风来
千树万树梨花开
龙氏骄子腾空起
黄边荒村振翅飞
沧海桑田岂止闻

会舞狮子的靓仔

地覆天翻皆可观
稻蔬飘香往昔事
工商繁华今日情
可贵龙氏重传统
难得黄边喜文化
祠堂牌坊标青史
科技书法昭辉煌
中华圣土多彩
世界各地争光
巍峨云山起舞
奔流珠江欢腾
壮哉龙氏族
强哉黄边村

十五、徐满城先生画展前言

徐满成先生画展前言

徐满成先生是我们白云区土生土长的,在全国有一定知名度的国画山水画画家,这是我区的骄傲,也是我区的光荣。

为了提升我区民众的文化素养以及艺术鉴赏水平;为了徐先生画作中的对故乡的讴歌,对乡土的眷恋,对祖国的深情,得以更广泛地传播,激发人们的爱国热情,激励人们崇尚高尚的道德情操,更加尽心竭力地创造更加美好的未来,我白云区书法艺术馆特从徐先生的画作中,遴选八十多幅佳作,与大家一起欣赏、品位,享受画家带给我们的美妙绝伦艺术境界,陶冶性情,净化心灵。

从展出的画作不难看出,画家生于南国,长于南国,南国的青山绿水,与他的人生和艺术息息相关。徐满成先生勤奋耐劳,创作态度严谨认真,深入各地采风写生,积累了深厚的国画功底与艺术沉淀。

从展出的徐先生历年作品可以看出,他的山水画的鲜明个性风格以及

独特的笔墨语言，甚至不看落款和印章，一看画面就知道是他的作品。

几十年的艰辛创作磨炼，造就了徐先生的坚实笔力功夫，他特别的地方在于以点为主，以点成线，以点成面为重点技法，形成了他独特的艺术符号。在他的山水画里，尤其以树法和石法最为突出。其画作由客观具象到主观创意，画出其心中之山水，抒出了山水之意及其钟爱山水之情。他的画面静中有动，虚中有实，栩栩如生，如同仙境。他的画作触及自然生命，画出自然意象，明暗和谐，比例适中，层次分明，疏密得当，令人叹为观止！观之品之，赏之思之，醉心悦目，美哉乎也！

徐先生画作很多，我们只能选一部分供大家赏析，请大家谅解！我们的组织工作如有各种不足，垦请诸位不吝赐教，让我们共同推进我区文化事业健康成长！

十六、徐满城先生简介

徐满成简介

徐满成先生,笔名满成,字达英,生于1948年。广州市白云区望岗村出身的国画山水画画家。

徐满成先生现为广州山水画研究学会理事,深圳红荔书画馆馆员,杭州红荔书画馆高级艺术顾问及该馆特聘画家,香港新华人民出版社《东方书画家》编委会执行编委、特聘书画家。

他自幼对绘画兴趣浓厚,并具有相当绘画天赋。他在物质缺乏,生活艰苦的年代,靠顽强的毅力和对绘画的执着,刻苦自学,紧张劳作之余,孜孜不倦,坚持作画。

徐满成先生对祖国壮美秀丽的山川无比挚爱,对华夏绚丽多姿的风土人情满腔热忱,勤奋创作数十载,挥毫泼臆,笔墨抒怀;激情四射,画卷生辉。丰硕的创作成果,使他成为广州市、广东省乃至全国有名气的农民画家,1988年创作的国画《白云锦绣》入选全国农民画大赛展,2001年参

加百米国画长卷《锦绣珠江图》，是主要执笔者之一，2003年参加百米国画长卷《伟人故里——中山》的创作，等。

徐满成先生的很多大作如《丰盛古寺》《北江烟云》《源远流长》等艺术价值卓著，被收藏家收藏；《锦绣珠江》《美丽珠三角》《广州百图》《大亚洲》等作品，艺术造诣极高，被国家、省、市各级博物馆收藏。

徐满成先生曾拜我国国画大师李可染弟子、广州山水研究学会会长、中央美专黄云教授为师，吸古纳今，融会贯通。通过对宋元时代及近代黄宾虹等山水画大师的艺术成果的感悟，使他对绘画创作理念有了质的飞跃，立意胸襟开阔，表现技法娴熟，展示风格独特，丹青语言生动。他能做到"学古而不泥古，学师而不似师"，逐渐形成自己的艺术风范和表达方式。

徐满成先生创作成就斐然，画界同仁一致认为他是一位有才华的画家。但是，他本人从来为人低调，做人踏实，处事谦和，以自己普通劳动者身份为荣。他对公益事业如抗震救灾、捐资助学，毫不吝啬，踊跃参与，充分体现一名中国画家正直良心与博大爱心，在当今浮躁的物欲社会，徐满成先生道德品质，诚属可贵。

我们相信，徐满成先生会有更好的作品不断问世。

第三篇 政协提案（含回复）

一、关于改善白云区部分农村有线电视现状的提案

（2016.02.18）

目前，我国已经进入大数据时代。身处改革开放前沿的广州，发展更是令人耳目一新。高清数字电视，在广州市各区都已经普及。可是，一大部分白云区的街区村民，都没有享受到现代科技的成果，他们所观看的电视，还是二十多年前的落后制式！没有机顶盒，更没有已经抛弃机顶盒的更新一代电视传输方式，他们观看的电视节目只是白云区有线台制作或转播的，荧屏上经常雪花斑驳，效果极差。省市有线电视公司曾多次上门服务，准备给村民换装新一代传输设备，有的村社请有限公司安装，令人不解的是，白云区有关部门却一律不予支持。

白云区广大村民，有尽快而清晰得知以习主席为首的党中央的声音的权利，有接受电视等媒体传播社会主义正能量的权利，有无障碍的享受文化生活的权利！

解决方法：政府部门务必迅速解决这一问题！或者安排省市有线电视公司，尽快给这些村社换装先进的有线设备，或者允许村社自行组织换装新设备，力争做到数线合一，一步到位。这是利国利民利政府的大好事，我们区政府应该加大力度，为民众办好。相信我区广大居民会支持政府的惠民举措！

二、如何提高公办学校第二课堂的实效性

(20160218)

类别:科教文化类

内容:

一、广州市中小学校学生第二课堂现状

(一)所有公办学校严格执行有关教育文件规定:禁止公立学校将本校正常教育教学资源出租给其他办学机构办学,公立学校面向本校学生开办第二课堂举办艺术、体育、外语等类型的学习班,不得向学生收取任何费用,禁止在校老师将正常课程放到各类收费辅导班、补习班等培训活动。

(二)受相关规定的制约,广州市各公办学校学生第二课堂现状成了校长、教师和家长的一块心病。学校和家长都清楚培养孩子的兴趣、特长是多么的重要,于是,想尽一切办法,最终也无法改变第二课堂流于形式

的局面。原因何在?

1、按教师编制,学校老师的工作量都已超负荷,在此基础上另外增加第二课堂的工作量,教师的精力无法得到保障,教师的心态也日益抗拒,就算学校硬塞给老师,效果可想而知。

2．专业教师的短缺使得学生个性特长的培养缺乏专业指导性,再加上活动场地和经费投入不足都大大地限制了学生个性特长的提升。

3．由于学校第二课堂无法满足学生的个性特长的发展,越来越多的家长把希望寄托在社会机构,不少家长在每天放学后、周末时间投放大量的财力、人力为孩子寻找兴趣特色辅导的机构,同时也有一大部分家长忽视了孩子的兴趣特长的培养或者把应付毕业考作为孩子学习的全部。

二、北京、杭州、南京公办学校第二课堂现状

北京、杭州、南京市政府每学年按学生人均500—1000元拨款到学校,由学校聘请校内外专业教师为学生开设丰富多彩的第二课堂,使得孩子们的个性特长在专业教师的指导与培养下获得提升与发展,家长的幸福感倍增,真正实现了教育的和谐与发展。

三、东莞、深圳、佛山市公办学校第二课堂现状

东莞、深圳、佛山市的公办学校,没有上级拨款支持,但是,很多学校都可以学校免费提供场地,借助社会力量开设学生需要的第二课堂项目,家长和孩子自愿选择参与,成效显著。

办法:

广州市各区政府主管部门能效仿北京、杭州、东莞、深圳、佛山等教育先进区域的做法,从经费和政策上给予学校第二课堂大力的支持,让学校第二课堂切切实实地为每个学生的个性发展服务。

三、关于落实书法进中小学课堂的提案

（20140315）

理由：

问渠哪得清如许，为有源头活水来。书法是中华民族文化核心之核心，通过书法教育的教化，可以有效地推动中华文化的复兴。

学好汉字，写好汉字，是关系到民族自尊，民族自信，民族凝聚力乃至文化安全的大事。

2007年广东省获得国家批准，是第一个正式在中小学开设书法课的省份。

教育部于去年二月发布了《中小学书法教育指导纲要》，文中明确提出在中小学开设书法课，配备专职或兼职的书法教师，书法成为必修课。

教体艺[2014]1号文件《教育部关于推进学校艺术教育发展的若干意见》要求严格执行课程计划，开齐开足艺术课程，并在2015年进行测评。

据我个人初步了解，在白云区各中小学尚未有实际开齐开足书法课，面临"三无"困境（一无统一课程标准，二无统一专用教材，三无专业书法教师）

办法：

1.政府加大书法教育经费投入。

2.学校与书法家协会建立合作关系，聘请正规的书法家兼职。

3.对学校有书法基础的教师加大书法教育培训，培养具有专职书法教师能力的人任书法课。

4.设立奖励机制，对生活或工作在白云区内的人员，在书法教育或创作上取得成绩者进行奖励，以推动书法的社会效应。

回复意见：

龙集洪等委员：

你们提出的"关于落实书法进中小学课堂的提案"提案收悉。现答复如下：

一、目前基本情况

（一）多种方式开设书法课

根据省、市关于贯彻落实《教育部关于中小学开展书法教育的意见》精神，继承和弘扬中华民族优秀传统文化，推进素质教育，我区加强书法教育工作的指导和管理，鼓励中小学校通过多种方式开设书法课，确保落实书法教育的课时。其中，潭岗小学、永泰小学已经在全校正式开展书法课教学，聘请专家每周按照课时上课。区内其他学校大部分通过社团训练形式，将书法课作为学生选修课程或校本课程予以落实。各校结合实际，制订切实可行的实施方案，整体推进书法教育。

（二）教师全员培训已纳入年度计划

在全区美术教研活动中，书法教育被纳入美术教学研究范围，外聘专家对中小学美术教师进行专业书法讲座与指导，安排区美术教研员对学校和教师开展书法教学工作及时组织经验交流。根据年度计划，区教育发展中心把书法教育纳入教学研究工作的范围，并将组织全区美术教师全员书法教育培训。目前，我区已有4人参加省、市书法教育讲师团培训，并计划成立区书法教育讲师团,指导和引领全区学校美术教师提高书写水平。

(三)通过竞赛活动提升对书法教育的重视

为推动全区中小学书法艺术教育的健康发展,检阅书法课进入课堂成果,我区通过组织开展全区性书法大赛,推荐优秀师生作品参加广州市第八届青少年书法大赛、"红棉杯"广州市书法大赛等竞赛活动,弘扬书法艺术,繁荣祖国国学传统文化,推动全区中小学书法艺术教育的健康发展,展示青少年书法创作成果。

二、下阶段需要加强的工作

接下来,我们会继续加强对书法教育的督导检查,加强书法教师队伍建设。通过各种途径和手段,为学校书法教育提供必需的工作条件。我们会积极与上级部门沟通,争取加大对书法教育经费的投入,全面落实《中小学书法教育指导纲要》。

最后,非常感谢您对我们工作的理解和支持,欢迎您继续对我们的工作提出宝贵意见。

四、关于加大扶持我区祠堂牌坊文化开发力度的提议

（20130303）

事由：由于特定的地理条件，白云区具有深厚的历史文化沉淀，这一宝贵的财富的标志性符号，就是白云区的"祠堂，牌坊文化"。祠堂，牌坊曾经是一个家族威望与权势的表征，是历史的物质见证。白云区有近百条行政村，在广州市独占鳌头。曾经有人感到城中村的存在是一种包袱，岂不知城中村的曾显赫一时的家族"祠堂"，"牌坊"也是一项极大的财富之矿。由于年深日久，观念碰撞以及现代经济的冲击，许多祠堂及牌坊都呈破败之象。如果任其自然发展，在不久的将来这份祖先遗留的物质与文化双重遗产或遭覆灭。

因此我提议，区委与区政府第一步，应当切实高度重视这个在经济与精神建设中都有极大正能量的祠堂，牌坊文化的发掘、巩固与提升的工作。

第二步，进行全面的区辖行政村祠堂及牌坊的普查。发掘出有价值的祠堂及牌坊，无论现在保存下来的，或者曾经存在富有影响而现在被破坏甚至消失的，都要逐一登录在册。

第三步，在上一步的基础上，组织有关村民和专家进行论证，确定保存下来的需巩固其存在价值，也就是应该修缮的祠堂及牌坊名单，以及具有开发价值，但已经失灭的应该重建的祠堂名单。在此基础上，编制修缮与重建计划，批次，划定先后顺序时间表。

第四步，在上一步的基础上，科学编制总预算、各批分预算以及各项目预算，以及资金分担方案，并在相关会议通过。

第五步，政府牵头，并在扶持资金上合理投放，各村主持，进行祠堂，牌坊的实体修缮或重建工程施工。

第六步，对各祠堂，牌坊的历史，曾经发生的事件，涉及的人物、时间、过程，进行文字编撰和图表绘制，提升人们对祠堂的历史价值认知度。借此，提升祠堂文化的内涵、意义和层次。

这项工程将带来的效益是：

一、通过祠堂，牌坊修缮、建设过程，对村民进行人文历史教育，增强家庭、家族、社区的凝聚力，有助于社会的文明建设，增强和谐程度。

二、增大国内外，尤其是海外侨胞的向心力，使白云区祠堂，牌坊成为旅游观光的热门目标，最终成为一种"祠堂产业"及"牌坊产业"，增加村民、行政村以及社会收入。

三、提升白云区行政村的文化观念，浓化文化氛围，进而提高村民素质，进而提升整个白云区的民众素质。

四、这将是留给子孙后代的宝贵物质与精神财富。

以上提议，请各位领导指正。

提案人：龙集洪　陈训勇

提案性质：一般提案

类别：

回复人：区文广新局

回复意见：

龙集洪、陈训勇委员：

你们提出的"关于加大扶持我区祠堂牌坊文化开发力度的提议"收

悉，现答复如下：

一、彻底摸查我区祠堂、牌坊现存情况

我区在2007年至2011年第三次全国文物普查中发现不可移动文物线索689处，其中区内祠堂建筑368处，5处牌坊已登记在册：分别是位于钟落潭镇的"淡墨流芳"、龙岗村曾氏大宗祠内的"唯一留芳"，松洲街镜波黄公祠内的"五世同堂"、槎龙村的"槎溪"及江高镇两下村邝氏宗祠内的"旌表忠烈"。

二、加大我区文物保护的力度

目前我区辖内有各级文物保护单位55处，其中国家重点文物保护单位1处，省级文物保护单位4处，市级文物保护单位（含登记保护单位）50处。省、市文物行政主管部门根据各地文物调查的情况，按照文物点的历史、艺术、科学价值的高低，不定期、分批次公布省、市级文物保护单位名单。截至2009年，省先后公布了五批文物保护单位，市公布了七批文物保护单位。为及时转化我区第三次全国文物普查成果，我们选取了501处有一定文物价值的不可移文物，分6批次公布为白云区登记保护文物单位，同时向市文广新局申报市级文物保护单位，从法律上给予保障。

三、完善我区文物管理制度

根据国家文物保护法及省、市文物保护规定，2010年，区政府结合我区文物事业发展的需要，下发了《关于加强我区文物保护管理的通知》。该文件对文物单位的属地管理责任、保护维修原则，使用人的权利与义务、维修资金筹措等均提出了明确的要求，有利于进一步加强我区的文物保护工作。为贯彻落实《中华人民共和国文物保护法》、《中华人民共和国文物保护法实施条例》等法律、法规，根据《广州市文物保护规定》第四条的相关要求，在以往区文物管理委员会的基础上建立健全以政府主要领导挂帅、主要行政管理部门组成的全区文物管理委员会。

四、加大财政投入

区委、区政府高度重视区内历史文化遗产的保护，2010年至2013年，区财政投入资金累计达1300多万元，以民间捐资、村社出资、政府资助的形式，对区内有一定文物价值的祠堂、牌坊按"修旧如旧"的原则进行修缮。修缮后的祠堂建筑，除用于姓氏族人喜庆祭祖外，同时作为公众开展文体活动的场所。通过这种方式使区内的祠堂建筑得到有效保护，扩大了农村群众文化活动阵地，推进农村精神文明建设。为了充分调查基层对文物保护的积极性，按照市的要求，力争设立白云区文物保护专项资金，通过政府引导资助、村社支持、群众捐资、社会赞助等方式，提高我区文化遗产保护水平和文物保护单位的完好率。专项资金设立后，由区文广局牵头制定文物保护专项经费管理办法、非国有不可移动文物修缮补助办法和文物保护专项资金年度安排计划报区政府。

五、保护与利用相结合，打造我区乡村历史文化游

我区很多祠堂历史文化内涵非常丰厚，如宋名贤陈大夫宗祠、曾氏大宗祠等，我们将其中一些规模较大、有参观价值的宗祠、牌坊列入白云一日游线路，加大宣传推广力度。下一步，我们还将与街镇沟通，利用社区文化室（农家书屋）、绿色网园等阵地，宣传我区的祠堂历史，提升人们对祠堂的历史价值认知度，丰富祠堂文化内涵。

六、切实做好城中村祠堂、牌坊保护规划工作

我们按照《广州市历史文化名城保护规划》的要求，对52条城中村协助做好改造规划和编制，避免破坏祠堂和牌坊。

七、开展全区不可移动文物和大型基本建设项目考古工作专项检查

近期，广州市发生了多起文物安全事故，给文物保护工作带来了较大的损失，造成了恶劣的社会影响。为摸清我区不可移动文物情况，避免类似情况发生，我们按照市政府的统一工作部署，拟定了《白云区不可移动文物专项检查工作方案》，计划8月中旬在全区范围内开展不可移动文物专项检查工作。重点对区内各级文物保护单位的保存状况，拟建或在建大型工程项目对不可移动文物建筑是否存在安全隐患进行调查，对全区文物线索进行查漏补缺。重点核查广州市空港经济区、广州国际健康产业城、白云综合服务功能区、白云区范围内已批未建地块的历史文化资源。开展对大型基本建设项目考古工作专项检查，防止在大型工程项目建设施工过程中对地下文物造成破坏。

感谢你们对我区文化遗产工作的关注和支持。

五、关于加快民营企业发展的建议——改善制约民营企业发展的环境的措施

(20061216)

理由:

根据白云区历史与现实,区内村社在改革开放以来,自建大量厂房、商场等出租,租金已经成为村社的主要经济来源。但是,由于我区的特殊性,这些厂房、市场一直未办理产权证明。因此,每当年审营业执照时,都要求提供房权等证明。厂商、村社为此深感困扰,影响到投资经营者的信心,感到软环境的巨大压力。

为此,建议区领导、区国土房管部门,能考虑到历史与现状,研究该问题,彻底解决村社、厂商的后顾之忧,以持久、稳定地繁荣我区经济,使我区社会气氛更加和谐。

办法：

1、对这类厂房、市场进行普查，然后按一定价格统一收费，归区财政所有。
2、统一核发集体土地房产使用权证，明确该厂房、商场的合法性。
3、此种权证与国有土地转让证明不同，属于区政府管辖范畴。

提案性质：一般提案
类别：
回复人：国土分局
回复意见：
龙集洪委员：

您提出的"关于加快民营企业发展的建议——改善制约民营企业发展的环境的措施"的提案收悉，现答复如下：

一、集体物业权属确认分为两种：一是建筑物建于1986年前的，作为历史用地进行确权；二是建筑物建于1986年后的，提供完备的用地、报建等资料进行确权。

（一）办理历史用地的国有土地房地产登记需缴交资料如下：

1、建设用地规划许可证（或国家征用土地通知书）附规划红线图（市、区规划局发）；
2、建设用地批准书（或同意使用土地通知书）附用地红线图（市、区国土房管局发）；
3、当年的建筑图纸、当年的租赁合同、当年的建材发票；
4、该年份说明该房屋的地形图、地籍图等证明房屋建筑时间的材料；
5、具结书（如有土地房屋的产权权属纠纷该单位愿负一切责任，并自行解决产权权属纠纷。）

6、营业执照（副本）原件及复印件（原件校对后归还）。

（二）办理历史用地的集体土地房地产登记需缴交资料如下：

1、该土地房屋由镇、村一级划拨使用的证明（当地村、镇出具证明）；

2、当年的建筑图纸、当年的租赁合同、当年的建材发票；

3、该年份说明该房屋的地形图、地籍图等证明房屋建筑时间的材料；

4、具结书（如有土地房屋的产权权属纠纷该单位愿负一切责任，并自行解决产权权属纠纷。）

5、营业执照（副本）原件及复印件（原件校对后归还）。

（三）办理一般房地产登记需缴交资料如下：

1、用地资料

（1）建设用地规划许可证（或国家征用土地通知书）附规划红线图（市、区规划局发）；

（2）建设用地批准书（或同意使用土地通知书）附用地红线图（市、区国土房管局发）；

（3）土地使用权出让合同及发票复印件（有办理的须缴交）。

2、报建资料

（1）建设工程规划许可证（或建设许可证）（市、区规划局发）；

（2）报建审核意见书（市、区规划局发）；

（3）整套报建图（附四至图、建筑平、立、剖面报建图）；

（4）建设工程规划验收合格证（或建筑管理验收合格证）。

3、其他

（1）广州市公有房屋及用地登记申请书

（2）法定代表人、代理人的身份证复印件（用A4纸复印每个身份证的正反两面）

（3）法定代表人证明书、授权委托证明书

（4）营业执照（副本）原件及复印件（原件校对后归还）。

（5）合建合作合同及补充合同

（6）门牌证明（由当地派出所出具）

二、目前，我区属集体所有的物业，大部分是在八九十年代建成，而且基本上无规划红线、用地、报建和验收资料，不具备确权登记的条件。为清楚掌握全区在物业确权方面的真实状况和存在问题，并供领导决策参考，我局于2006年进行了全区范围的调查研究工作，力求针对我区的现状提出切实有效的建议。

三、此外，为了解决我区范围内大部分企业租用的生产经营场地因房屋产权手续不完善而无法申领营业执照的问题，区政府于2006年4月出台了《关于解决白云区有关生产经营场地问题的处理意见》（穗云整规[2006]15号），实事求是地提出了解决四种类型生产经营场地办理有关证照手续问题的处理办法。今后，我局将继续按照实事求是、循序规范的原则，切实解决我区有关生产经营场地问题。

二〇〇七年四月十一日

六、放宽营业证照批准条件,吸引投资者,做大白云区企业群体

(20060301)

理由:

近年来,有不少白云区企业外迁,原因之一是政府对于投资者优惠政策不如周边地区。准备来投资的企业家考虑到白云区证照较难办理,也有转移到其他地方设厂的情况。

办法:

鉴于"十一五"期间,白云区GDP的增长要求,必须更多吸引境内外投资人,扩大企业群体,增强竞争实力,在证照的批准条件上予以优惠,投资条件上予以优惠,使白云区工业发展做大做强。满足"十一五"期间发展的需要。

同时，证照难领，必然造成无证经营增多，扰乱市场。更重要的是，发证减少，造成税源流失，不利区财政。

提案性质：一般提案

类别：

回复人：区工商局

回复意见：

龙集洪委员：

您提出的关于"放宽营业执照批准条件，吸引投资者，做大白云区企业群"的提案收悉，现答复如下：

一、对于提案反映的"放宽营业执照批准条件，吸引投资者，做大白云区企业群"的问题，我局领导重视，明确指示要把该议案办好，办到实处。对于该议案，在办理过程中，要求分管领导主抓，成立包案小组专案负责。

二、对于您所反映的"近年来，有不少白云区企业外迁，原因之一是政府对于投资者优惠政策不如周边地区。准备来投资的企业家考虑到白云区证照较难办理，也有转移到其他地方设厂的情况"问题，前一阶段的确存在。白云区的部分地区因场地问题在办理营业执照中存在一定的困难。

该问题出现的原因，一是由于白云区地处城乡结合部，很多城中村、社队物业、农村物业都是只有宅基地，没有房产证；二是由于从2005年5月1日起施行的《广州市房屋租赁管理规定》（市政府[2005]第2号令）的要求导致的。根据2号令的规定：禁止"未取得房地产权证或无其他合法权属证明的房屋出租"，并且根据《广州市房屋租赁管理规定》第十九条规定"工商行政管理部门办理工商营业执照登记时，对以租赁房屋为经营场所的，应当要求当事人提供经区、县级市房地产租赁管理所登记备案的房屋租赁合同。"《广州市房屋租赁管理规定》（市政府[2005]第2号令）的颁布实施，对加强城市管理、维护社会治安、提升城市综合竞争力具有战略作用。但是，由于白云区地处城乡结合部，很多农村、城中村私人房产和社队企业物业没有房产证，较多想在白云投资办厂的人在办理营业执

照时遇到了因场地问题无法办理的情况。

三、针对问题，我局认为解决该问题应该从以下几个方面入手：

1、立足白云实际，实事求是地解决现有问题。白云区地处城乡结合部，较多村社企业物业、农民私人房屋没有房产证，市政府[2005]第2号令从2005年5月1日颁布实施后导致我区很多地方无法办理营业执照。我局鉴于此情况，为了解决经营业户的实际问题，促进地方经济发展，积极主动走访沟通，深入调研探讨撰写材料，把白云区的实际困难和具体情况向上级部门和领导进行反映。市国土局、市规划局、市工商局、市城管支队四部门于2005年8月26日联合下发《关于整治无证照生产经营工作中涉及场地问题的处理意见》（穗国房[2005]674号），该文件已经分别对不同情况作出了规定，对于远郊农村城市化程度不高的小城镇宅基地物业（我区主要是太和、钟落潭、江高、人和四镇）进行生产经营的，可办理有经营期限的营业执照。该政策的出台，只是在很大程度上缓解了我区远郊四镇在办理营业执照所遇到的场地问题，但还有很大一部分街区存在场地问题。

2、尊重历史，给予一定的过渡期，合理解决现有问题。2006年4月，白云区从解决历史遗留问题、规范市场管理秩序、结合实际的角度，从更好的执行市政府[2005]2号令，结合白云区实际情况，加强政策研究，区别对待，逐步探索适合我区实际的有效管理措施入手,由区整顿和规范市场经济秩序领导小组办公室、白云工商分局、规划白云区分局、区国土资源和房屋管理局、区城市管理综合执法大队五部门联合颁布了《关于解决白云区有关生产经营场地问题的处理意见》（穗云整规[2006]15号），该意见对白云区商业布点规划范围内商业一线生产经营场地、工业聚集区内生产经营场地、街道辖区范围内宅基地证生产经营场地、农村集体建设用地生产经营场地应如何处理等问题参照中心镇、工业聚集园区做法从现实出发，历史客观地制定出解决办法。对上述的四类生产经营场地给予了一年的过渡期，实事求是地解决白云区有关场地办理证照的手续问题。议案中提到的企业和个人在注册登记中有关生产经营场地问题，在依法执行《广州市房屋租赁管理规定》（市政府[2005]第2号令）的同时，通过广州市四部门联合下发的《关于整治无证照生产经营工作中涉及场地问题的处理意见》及白云区五部门出台的《关于解决白云区有关生产经营场地问题的处理意见》已在相当程度上得到妥善解决。

3、继续加大整治无照经营工作力度,依法查处各种无照经营行为,营造良好的经济环境。在规范生产经营场地管理的同时,白云分局将加大清理无照经营工作的力度,努力为白云区经济和谐发展营造良好的市场经济环境。

感谢政协委员对我局工作的关心和指导,今后,我局将努力地改进工作,依法履行工商行政管理职能,为维护市场经营秩序,营造良好的投资环境,维护人民群众的合法权益做出积极的贡献。

二〇〇六年七月三日

第四篇 书法作品

惠風和暢

龍家福澤慶綿長進
士風華燿一方更藉
古今弘國粹承傳祖
訓再煇煌

黎逸文詩
丁酉夏龍傑洪書

金經略成誦
白日方讀易

照耀古今成壁畫

異當金石著山經

三千餘年上下古
二十七家文字奇

厚德載物

常住其中

丁酉集洪

書禪默證

丁酉夏集洪

敏而好學
不恥下問

謙受益

珠湖漁隱

德成言乃義立行斯臧

集沙書

枕葄金石史
逍遙文字禪

道因時白立
理當亦而開

文章千古事
風雨十年人

人而無信，不知其可

半畝方塘一鑑開天光雲影共徘徊問渠那得清如許為有源頭活水來

朱熹詩一首 丁酉夏月龍集洪書

朱熹云：无一事而不学，无一时而不学，无一处而不学，成功业路也。

丁酉夏月
龙集洪

淨心行

丁酉夏龍集洪書

玉不琢不成器
人不學不知道

集洪

君子焉永
學國人肯
曰政

丁酉夏
龍集洪

茶禪
一味

丁酉夏龍集洪

經國已禮有
予產行為善
寂樂稱東
言　平

丁酉夏月
龍集洪書於尚德堂

舟人息林際　月下人
微明一片
清江水中
涵萬古情

丁酉夏龍集洪